Rike Richstein

Die Farben des Sees

Rike Richstein

Die Farben des Sees

Roman

Verlag Stadler

Gestaltung: Manuel Pollanka — Irgendwas mit Grafik, Deizisau
Satz: Satzteam Dieter Stöckler, Konstanz
Druck und Verarbeitung: CPI books GmbH, Leck

Umschlagmotiv:
© Jurij Frey, »Frau am Fenster«, Öl auf Leinwand, 73 x 54 cm

Schriften:
Bricolage Grotesque von Mathieu Triay (Google Fonts)
Bitter von Sol Matas (Google Fonts)

Verlag und Vertrieb:
Stadler Verlagsgesellschaft mbH
Max-Stromeyer-Straße 172
78467 Konstanz
www.verlag-stadler.de

1. Auflage 2024

ISBN 978-3-7977-0785-7

FÜR M.

»Helle Wasser, dunkle Wälder

und die Sehnsucht

sind mein Haus.

Komm zu mir und teile mit mir

Tag und Wärme, Kälte auch.

Wo wir gehen blüht das Laub,

sind Wege kürzer,

Winter grün.

In deinen Augen wächst mein Leben,

dein Gesicht

darf nicht vergehn.«

Peter Porsch, frei nach der finnischen Volksweise
»Kalliolle, kukkulalle«

PROLOG

Weißt du noch, dass der See an jedem Tag eine andere Farbe hat? Man vergisst es, wenn man fortgeht und ihn nicht mehr sieht. Keine Farbe taucht zweimal auf. Es gibt Tage im Herbst, wenn der Nebel sich verzogen hat, da sieht er aus wie flüssiges Silber. Manchmal hat er schaum-farbene Muster, manchmal liegt er da wie ein riesiger Spiegel, in den die ganze Welt schauen kann. An manchen Tagen atmet er samtgrau wie ein großes, schlafendes Tier. Manchmal sieht er aus, als ende die Welt an seinem Horizont und manchmal wirkt es, als könne man mit zwei Sätzen über sein gleißendes Blau die schnee-bedeckten Berggipfel berühren. Es gibt Tage, da ist seine Oberfläche rau vom Regen, und Tage, an denen er türkisblau schimmert mit einem Schuss Flaschengrün. Weißt du es noch?

Ich denke immer noch an dich, jedes Mal, wenn ich auf die Wasseroberfläche schaue.

EINS

Das Schiff gleitet ruhig durch die Nacht. Auch der Wind schläft. Die Lichter am Ufer glitzern verheißungsvoll und der fast volle Mond spiegelt sich im tintenschwarzen Wasser. So, als ob es noch eine Ahnung davon weitergeben will, wie leuchtend blau es heute bei Tageslicht gewesen sein muss. Die Mischung aus dem orangenen Schimmern der Uferpromenaden und dem glänzenden Schwarz ist so perfekt, dass ich sie dir gerne zeigen würde. Aber seit ich heute die Zeitung aufgeschlagen habe, weiß ich, dass das nie wieder möglich sein wird.

MATILDAS LEBEN IST vorbei. Alle Ausrufezeichen der letzten Jahre haben sich zu Fragezeichen gekrümmt und mit dieser Bewegung ihr Herz entzweigeschnitten. Natürlich bedeutet ein Herz, das sich anfühlt wie zerteilt, nicht wirklich das Ende des Lebens. Das weiß sie selbst und alle Menschen um sie herum sind in den letzten Wochen nicht müde geworden, es ihr zu versichern. Aber Wissen und Fühlen waren schon immer zwei sehr verschiedene Dinge.

Sie steht auf dem ausgestorbenen Deck der schmalen Fähre zwischen leeren Plastikbänken in Holzoptik und starrt auf das Wasser. In den hell erleuchteten Innenbereich will sie nicht gehen, aus Angst, einer der anderen Fahrgäste würde die Müdigkeit in ihrem Gesicht als Traurigkeit entlarven und ihr eine erneute »Istdochallesnichtsoschlimm«-Litanei vortragen.

Auch wenn es unwahrscheinlich ist, fürchtet sie sich davor. Die Nachtluft ist warm und streicht tröstend über ihr dunkles Haar, das im Licht der Schiffsbeleuchtung schimmert. Seit

Neuestem trägt sie wieder Pferdeschwanz, auch wenn sie findet, dass das ihrem Gesicht eine unnötige Strenge verleiht. Aber Matilda ist klein und zierlich; Menschen, die ihr die Hand schütteln, packen nie richtig zu, aus Angst, sie zu zerquetschen. Daher kann etwas Strenge vielleicht nicht schaden.

Mit den Fingern greift sie immer wieder an den billigen Schmuck um ihren Hals und an ihren Ohrläppchen. Sie hat ihn im Studium gekauft und sich nicht davon getrennt, obwohl man sieht, dass die Steine nur aus Glas sind und der Silberlack an den Fassungen abblättert und hässliche Stücke von weißlichem Plastik freigibt. Aber erst kam die BAföG-Rückzahlung, dann ist sie von der WG in eine Zwei-Zimmer-Wohnung gezogen und musste eine Küche kaufen; es gab nie den Moment, an dem sie über neuen Schmuck nachgedacht hat. Die einzig schöne Kette, die sie hat, die mit dem Vogel mit den ausgebreiteten Schwingen, hat Mads ihr geschenkt und die hat sie zu Hause gelassen.

Erst als die Fähre anlegt, reißt sie sich vom Anblick ihrer eigenen Gedanken und dem des Wassers los, um all ihre Aufmerksamkeit der Wegsuche zu widmen. Sie weiß nicht, ob sie sich nach über zwanzig Jahren noch an eine einzige Straßenkreuzung erinnert.

Es ist spät, als sie in Ennis Haus ankommt. Es riecht noch wie früher. Erst hat man den Geruch des Sees in der Nase. Das Kühle, Leichte. Dann der süße, schwere Holzgeruch im Flur. Sie tastet nach dem Lichtschalter und lässt ihre Taschen vor der ersten Treppenstufe auf den Boden fallen. Mit zögernden Schritten durchquert sie den Flur. Sie hat noch nie etwas besessen, das größer war als ein Sofa oder eine Küche, und jetzt soll all das hier ihr gehören?

Mit den Fingerspitzen befühlt sie die holzvertäfelten Wände. Die Küchentür ist angelehnt und Matilda stößt sie vorsichtig auf. Auf der

Anrichte steht eine Flasche Wein, das Licht aus dem Flur fällt in einem breiten Streifen auf den Küchentisch mit der schweren Holzplatte, der sich an die Eckbank drückt. Die Fenster, das weiß sie noch, gehen auf den schlichten Hinterhof hinaus, der im Dunkeln liegt. Eine Weile steht Matilda regungslos in der Tür und atmet die Stille ein. Vielleicht funktioniert das so. Wenn man nur lange genug Stille einatmet, umhüllt sie irgendwann die Fragen und Bilder im eigenen Kopf und bringt sie zum Schweigen. Dann macht sie einen Schritt auf die Fliesen und sieht sich um.

Plötzlich fällt ihr der Stromausfall wieder ein. Sechs Jahre muss sie gewesen sein oder ein bisschen älter. Sie sieht es vor sich. Alle saßen um den Küchentisch. Sie und Juli vermutlich hinten auf der Eckbank. Vor wenigen Minuten waren die Lichter in der ganzen Straße erloschen und Enni hatte sie alle vom Wohnzimmer in die Küche gescheucht, wo sie sich dann um den Tisch drängten. Gerade noch war der Backofen an gewesen, die Küche ist der kleinste Raum im Haus und bleibt am längsten warm. Matilda erinnert sich, wie ihr Vater pfeifend die Treppen hochstieg, langsamer als sonst, weil er im Dunkeln die Stufen nicht richtig erkennen konnte, und mit ein paar zusätzlichen Decken herunterkam. Enni suchte Kerzen zusammen und das warme Licht, das in ihren Gesichtern widerschien, ließ den Sturm draußen unecht erscheinen.

Als die Lampen und der Fernseher ausgingen, war Matilda der brüllende Wind, der durch die Gassen hastete und gegen die Fensterläden schlug, unheimlich, auch wenn sie das nie zugegeben hätte. Höchstens vor Juli. Aber Juli saß schon den ganzen Tag über mit großen Augen am Fenster und beobachtete, wie kleinere Äste durch die Gasse gewirbelt wurden, und zeigte, selbst als ein paar Dachziegel krachend auf der Straße zerbarsten, keine Spur von Furcht. Aber dann, in der von Kerzen erleuchteten Küche, umgeben von ihrer Familie, wich Matildas Angst einem anderen Gefühl, irgendetwas zwischen

Abenteuer und Geborgenheit. Sie versucht, sich zu erinnern, was danach geschah, wann der Strom wiederkam und was sie bis dahin gemacht haben, aber außer dem Bild der vom Kerzenlicht erhellten Gesichter in der Küche ist ihr Kopf leer. Wahrscheinlich haben sie eines von Opas selbst ausgedachten Würfelspielen gespielt, bei denen sich ab und an noch die Regeln änderten, oder ihr Vater hat für alle etwas vorgelesen.

Waren die Lichter und Heizungen schon wieder an gewesen, als sie ins Bett gingen? Und war das eine der Nächte, in denen sie und Juli sich zu zweit in eines der schmalen Betten legten? Sie schliefen oft so, auch ohne besonderen Grund.

Matilda tritt näher an die Fenster und bemüht sich, in dem Schwarz die Konturen des Hinterhofes auszumachen, doch sie sieht nur die Spiegelung ihres eigenen Gesichts.

In einem Sommer gab es dort hinten in der Ecke ein Wespennest und Juli wurde gestochen. Es muss der Sommer gewesen sein, in dem sie es lustig fanden, alles rückwärts auszusprechen und sich »Iluj« und »Adlitam« rufend über den Hof jagten. Doch plötzlich schrie Juli auf und rief »Mama!«, nicht »Amam«. Der Stich schwoll so sehr an, dass ihre Mutter fahrig wurde und sie schließlich zum Arzt brachte. Matilda erinnert sich noch daran, wie die beiden das Haus verließen. Juli weinte und ließ sich von niemandem beruhigen, obwohl sie doch sonst nicht müde wurde zu betonen, dass sie schon groß sei und längst keines von diesen Heu-Babys mehr. Sie sagte Heu-Babys, weil sie immer das »l« von Heulen verschluckte. Seit Juli sprechen konnte, sprach sie zu schnell. Matilda musste bei Enni bleiben, obwohl sie doch bei Juli sein wollte. Aber als die Tür ins Schloss fiel, da war sie doch froh, dass niemand mehr schrie und weinte. Trotzdem wollte sie nicht weiter im Hof spielen und sie nahm auch sonst keines von Ennis Ablenkungsangeboten an, bis Juli mit einem dicken Verband um den Stich und vor Stolz strahlend zurückkam.

»Eine große Spritze hab' ich bekommen, direkt als wir ankamen«, berichtete sie, als sei das ein großer Verdienst.

»Und dann den Verband, damit die Salbe nicht abgeht. Mama und ich waren auch schon in der Apotheke, morgen müssen wir den Verband neu machen. Und Traubenzucker durfte ich mir aussuchen.«

Nachdem sie mit den Händen noch mal verdeutlicht hatte, wie groß die Spritze war, gab sie Matilda die Hälfte der runden, bröseligen Bonbons ab, ohne dass ihre Mutter sie dazu ermahnen musste.

Noch am selben Tag kam ein Mann, der mit Opa das Wespennest entfernte. Matilda und Juli sahen vom Wohnzimmer aus zu, die Zähne klebrig und die Gesichter wieder leuchtend, aber Tür und Fenster zur Sicherheit geschlossen.

Fast lächelt Matilda. Wie lange sie schon nicht mehr an diesen Nachmittag gedacht hat. Zur Abwechslung ist es ganz schön, mal Erinnerungsstücken nachzuhängen, die keine scharfen Kanten haben. Keine Fallen, Löcher oder Netze, die man immer erst bemerkt, wenn man sich schon darin verfangen hat. Sie hält die Luft an und lauscht. Die Stille ist eher friedlich als gespenstisch. Die Wand zum Wohnzimmer ist zum Teil verglast, mit diesen altmodischen, fast blinden, leicht farbigen Gläsern, die auch tagsüber wenig Licht hindurchlassen. Matilda öffnet die nächste Tür ebenso behutsam und sieht, dass sie vergessen hat, wie viele Bücher Enni besaß. Jedes Stückchen Wand ist von einem Regal verdeckt, in dem ordentlich Buchrücken an Buchrücken nebeneinander aufgereiht ist. Das alles fühlt sich gar nicht an, als ob es ihr gehören würde.

Matilda lässt ihren Blick über die Regale und das Sofa schweifen und für einen Moment fällt ihr etwas ein, etwas, das damals die Kühle zwischen ihrer Mutter und Enni für einen Moment verschwinden ließ, aber sie weiß nicht mehr, was es war. Bevor sie sie greifen kann, ist die Erinnerung schon wieder fort.

Sie schüttelt unwillkürlich den Kopf und unterdrückt ein Gähnen. Morgen, morgen wird sie alles genauer in Augenschein nehmen. Sie muss ins Bett. Leise, als ob sie keine der Erinnerungen verscheuchen will, schließt sie erst die Tür zum Wohnzimmer, dann die zur Küche und trägt ihre Taschen nach oben. Und noch bevor ihr Herz sie wieder daran erinnern kann, dass sie gerade unglücklich ist, fällt sie in einen tiefen, traumlosen Schlaf.

ZWEI

*Heute ist der See karibisch blau. Wirklich. Wie auf
einem dieser grässlichen Südseeposter mit
den Palmen. Aber in echt sieht die Farbe gar nicht
so schlecht aus. Es ist ein Sommersonntag
im August, an dem die Luft vor Wärme und Fried-
fertigkeit flimmert. Alle haben Zeit, alle sind
glücklich und liegen im Schatten.*

*Sonnenflecken zittern auf dem Wasser, das
von weiß strahlenden Booten durchpflügt wird.
Wenn man sie fixiert, muss man die Augen
zusammenkneifen, so hell sind sie. Die Luft ist zu
warm, um wirklich angenehm zu sein, aber ab
und zu kommt eine Brise vom See herüber. Sie ist
kühl und riecht erdig und nass. Die Berge hinter
dem See sind nur schwach im Dunst zu erahnen,
als ob sie jemand träumt. Inzwischen frage
ich mich immer öfter, ob ich dich geträumt habe.*

ALS MATILDA AUFWACHT, lauscht sie auf Mads Atem, aber natürlich ist es still. Sie wirft einen Blick auf ihr Handy und stellt fest, dass sie den ganzen Morgen verschlafen hat. Auf dem Weg nach unten versucht sie, die knarzenden Stufen auszulassen, doch es gelingt ihr nicht. Das Haus erwacht. Ihre nackten Füße frieren auf den Küchenfliesen, obwohl es ein warmer Tag ist.

Ennis Kühlschrank ist leer. Natürlich. Ihre Mutter muss alles Verderbliche weggeworfen haben, als sie vor ein paar Wochen hier gewesen ist. Auch wenn es nicht viel mehr als ein halber Tag gewesen sein kann, wegen »der Formalitäten«, wie sie am Telefon sagte. Matilda sieht sie vor sich, wie sie durch das Haus eilt. Ihre schnellen Bewegungen bauschen die weite Bluse, die auffälligen Ohrringe, für die Matilda sich mit fünfzehn geschämt hat, klimpern und wenn ihre Mutter die Treppe hochhastet, hält sie sich nicht am Geländer fest.

Seit zwanzig Jahren meidet ihre Mutter diesen Ort und auch Matilda ist seitdem nicht mehr hier gewesen, obwohl sie den Grund dafür nicht kennt. Sie kann sich nicht erinnern, ihre Mutter je danach gefragt zu haben, es hat sie nie interessiert. Dass dieser Ort ein Teil ihres Lebens war, ist so lange her, dass es sich nie wichtig angefühlt hat. Aber jetzt gehört das Haus auf einmal ihr, ihr und Juli. Und auf den klar umgrenzten Grundflächen ihres Lebens, die in den letzten Wochen ohnehin aufgeweicht worden sind und aus denen jetzt auf der einen Seite alles herausfließt, steht seit Kurzem auch noch dieses alte Haus im Weg herum.

Es liegt im Tageslicht so da, wie sie es in Erinnerung hat, insofern man den Dingen, die man sich als Kind gemerkt hat, trauen kann. Neben der Küche und dem Wohnzimmer gibt es unten nur noch eine schiefe Tür, die in den Keller führt. Lange fürchtete sie sich vor der steil abfallenden Kellertreppe und Juli machte sich manchmal einen Spaß daraus, die schwachen Neonröhren zu löschen, wenn Matilda erst auf halber Strecke war. Mit angehaltenem Atem wartete sie dann auf das wiederkehrende Licht. Es dauerte nie lange, bis die Lampen wieder leise surrten und Juli von oben rief: »Siehst du? Es ist gar nichts Schlimmes passiert, als es dunkel war!«

Im zweiten Stock gibt es drei Schlafzimmer. Das größte mit dem Doppelbett aus dunklem Holz und ein zweites kleines haben die Fenster zur Gasse. Vom dritten sieht man hinab auf den Hinterhof und die grauen Mauern des Nachbarhauses. Darin stehen noch immer die beiden Kinderbetten, in denen sie und Juli früher geschlafen haben. Ein verblichener Teppich, der einmal rot gewesen sein muss, trennt die schmalen Bettkästen voneinander. Er misst genau zwei Kinderarmlängen in der Breite und manchmal haben sie und Juli im Dunkeln leise kichernd probiert, ob sich ihre Fingerspitzen berühren können. An den kleinen, gusseisernen, geschwungenen Balkon, der vom Zimmer abgeht, kann Matilda sich nicht erinnern, obwohl sie jetzt davorsteht. Neben der Balkontür steht ein schiefes, hüfthohes Regal, in dem Brettspielkartons Staub ansetzen. Hastig legt sie eine der Decken über das ganze Regal, weil Mads all seine Energie darauf verwenden konnte, ein Brettspiel zu gewinnen, um im Anschluss den ganzen Abend damit zuzubringen, den Spielverlauf zu analysieren. Sie möchte jetzt nicht darüber nachdenken, warum man Menschen lieben kann, die Eigenschaften haben, mit denen man nichts anzufangen weiß. Sie lässt den Blick weiter durch das Zimmer schweifen.

Alle Betten sind bezogen, alles ist wie früher. Alles, als ob Enni nur schnell durch die Gasse zum Ufer gelaufen ist, für einen Spaziergang oder eine Besorgung. Dabei weiß Matilda gar nicht, ob sie das in letzter Zeit überhaupt noch getan hat. Ihr Magen knurrt. Sie braucht etwas zu essen.

Als sie vor Ennis Haus auf die Gasse tritt, klingen ihre Schritte fremd auf dem groben Pflaster, als ob sie nicht zu ihr gehören. Die kleine Stadt an dem großen See liegt friedlich in der warm flimmernden Luft.

Matilda lenkt ihre Schritte weg vom See, tiefer in den Stadtkern, in der Hoffnung, an einem Imbiss, einem Kiosk oder irgendetwas Vergleichbarem vorbeizukommen. Irgendetwas, das, wenn schon nicht den Kühlschrank, wenigstens ihren Magen füllen kann. Hinter der nächsten Ecke entdeckt sie eine Bäckerei. Eine Weile starrt sie auf das »Sonntag Ruhetag«-Schild an der Innenseite der verschlossenen Glastür. Dann macht sie kehrt und geht wieder Richtung Wasser. Am Ufer kreischen badende Kinder zwischen Schwänen und aufgeblasenen Schwimmringen, hinter ihnen glitzert verheißungsvoll der See.

Eine halbe Stunde später kehrt sie mit einer dünnen Tüte, auf der das wenig ansprechende Logo eines Lieferdienstes prangt, in das Haus zurück. Ihre Augen brauchen eine Weile, um sich an das dumpfe Licht zu gewöhnen. Die Plastiktüte sieht fremd aus auf dem alten Küchentisch aus Holz. Matilda fährt über die Kerben auf der Tischplatte und versucht sich zu erinnern, ob sie eine davon zu verschulden hat, aber es ist zu lange her. Viel zu lange. Inzwischen steht ihr auch das Bild des Stromausfalls nicht mehr so deutlich vor Augen wie gestern Abend. Bis gestern hatte sie gar nicht mehr gewusst, dass es überhaupt noch in ihrem Gedächtnis war.

Die billigen Nudeln sind nur noch lauwarm und schmecken fad. Sie würde sich gerne an Ennis Lieblingsgericht erinnern, aber sie weiß nicht mehr, was es gewesen ist. Ob sie überhaupt eines gehabt hatte?

Matilda steht auf und sucht in den Küchenschränken nach Kochbüchern. Sie muss auf einen Stuhl steigen, um an die oberen Regalbretter heranzukommen. Sie findet eines zu Torten, eine offene Packung grobes Meersalz und ein paar Toastkrümel zwischen den Eierbechern. Das Silberbesteck ist angelaufen. Eine Tasse mit

Goldrand hat einen Sprung. Die Teller stehen ordentlich übereinander. Das Backpapier lagert neben der Frischhaltefolie. Kein Hinweis auf ein Lieblingsgericht.

Matilda zupft eine neue Mülltüte im Eimer unter der Spüle zurecht und wirft die Reste des kläglichen Mittagessens fort. Dann wandert sie durch das Wohnzimmer. Auf den Regalen hat sich Staub abgesetzt. Viele der Titel sagen Matilda nichts. Sie haben langweilige, einfarbige Leineneinbände und sind in kleiner Schrift geschrieben. Ein paar Klassiker sind dabei. Matilda malt Wellenlinien in die Staubschicht auf dem dunklen, glatten Holz der Regale. Es fühlt sich schön an und ein bisschen wie etwas, das sie als Kind getan hat. Bei einem Band mit Gedichten von Hilde Domin, direkt neben einer Gesamtausgabe von Rilke, die verdächtig ungelesen aussieht, hält sie inne. Sie zieht wahllos eines der unscheinbaren Bücher heraus, eines mit einem Titel, den man noch nicht im Deutschunterricht gehört hat, und setzt sich damit in den Hinterhof in die Augustsonne. Es ist zu warm. Der raue Leineneinband klebt unangenehm an ihren Händen. In den großen Kübeln neben ihr sterben Pflanzen. Matilda widersteht dem Bedürfnis, sie zu gießen. Es ist zu spät, die vertrockneten braunen Stängel und zusammengerollten Blätter, die steif herunterhängen, wird nichts mehr retten. Und sie ist zu gut darin, Dinge retten zu wollen, die schon zerstört sind. Sie muss endlich damit aufhören.

Vielleicht sollte sie stattdessen schwimmen gehen. Aber sie ist sich nicht sicher, ob sie ihre Badesachen überhaupt eingepackt hat. Sie hat sich nicht viel Zeit zum Packen genommen, ist zwar nicht überstürzt, aber doch schnell aufgebrochen, aus Angst, vernünftige Gründe dagegen zu finden, wenn sie nicht schnell genug losfuhr. Erst auf dem Weg rief sie Juli an. Julis Stimme klang freundlich und warm, wie immer, und sie hielt Matildas Reise für eine gute Idee. Aber Matilda ist sich da nicht so sicher. Wenn man vor etwas flieht, das tief in einem drinsteckt, ist es egal, wo man hinfährt, es wird einen früher oder später einholen. Immer wieder sieht sie Bilder in ihrem Kopf ablaufen, wie in einem dieser zähen Diavorträge, zu denen ihre Mutter sie als Kinder geschleppt hat. Ein Gemeindesaal, ausgefüllt vom Klacken und Ratschen des Diageräts und dem Murmeln der Zuschauerinnen.

»Und hier sehen Sie die Aussicht von der Hütte aus.«

Ritsch-Klick.

»Auf diesem Bild stehen alle Frauen des Dorfes beisammen. Sie tragen die traditionellen Kopfbedeckungen ihrer Region.«

Ritsch-Klick.

Nur dass sie jetzt in ihrem ganz persönlichen Gemeindesaal sitzt, als Zuschauerin und Vortragende zugleich. Die eine schreit die andere an, sie solle endlich aufhören, aber die Vortragende ist unerbittlich und beginnt die Bilderreihe immer wieder von Neuem.

»Hier siehst du, wie Mads im Auto sitzt, an dem Abend, an den du, nicht mehr denken willst.«

Ritsch-Klick.

»Hier siehst du, wie er dich anlächelt, an dem Abend, als ihr euch zum ersten Mal getroffen habt.«

Ritsch-Klick.

»Hier liegt ihr sonntagsmorgens nackt im Bett und überlegt, was ihr mit dem freien Tag macht.«

Ritsch-Klick.

»Hier siehst du, wie eure Wohnung ohne seine Sachen aussieht. Das ist ein besonders schönes Bild, denn du bist extra weggefahren, um das nicht mehr zu sehen, aber dank des Dias kannst du es dir trotzdem angucken.«

Ritsch-Klick.

Matilda erträgt es nicht mehr. Es sind so viele Bilder und so viele Fragen. Fragen, die seit Wochen in ihrem Kopf umherschwirren und wie Fliegen in einem fensterlosen Raum immer wieder aufs Neue gegen kahle Wände stoßen.

Sie seufzt, klappt das Buch zu und hält es gegen die gleißend helle Sonne, um die Mauersegler am Himmel zu beobachten. Pfeilschnell schießen sie durch die Spalten zwischen den eng zusammenstehenden Häusern und geben schrille, hohe Laute von sich. Sie sehen gar nicht aus, als würden sie jagen oder einen Schlafplatz suchen, eher als würden sie um die Wette fliegen und sich gegenseitig dabei anfeuern. Einfach nur so, ohne evolutionären Grund, aus Spaß am Fliegen. Mauersegler-Zeitvertreib.

Sie wünscht sich, Juli wäre mitgekommen. Nur für diesen Sonntag oder auch für länger, damit sie sich gemeinsam hätten überlegen können, welche Kindheitserinnerungen sie an diesen Ort haben. Matilda erinnert sich an den Geruch von Kaffee am frühen Morgen, den sie schon als Kind gemocht hat. Den Geschmack mag sie bis heute nicht, aber mit dem Geruch ist es ganz anders. Er riecht noch immer nach Ferien bei Enni, nach bitterschwerer Geborgenheit, die man nicht hinterfragt, wenn man gerade erst sieben Jahre alt ist.

Ritsch-Klick.

Mads in der Küche. Er kocht Kaffee nicht einfach, er zelebriert jeden Bestandteil des Zubereitungsvorgangs wie bei einem religiösen Ritual. Matilda schaudert beim Gedanken an das Geräusch der Bohnen, die wie Glasmurmeln in die Mühle fallen. Sie spürt seine Finger, gewärmt von der Kaffeetasse, die ihren Nacken streifen, wenn er ihr durch die offenen Haare fährt.

Er mochte sie offen lieber als im Pferdeschwanz, also tat sie ihm den Gefallen, obwohl die Haarspitzen immer so unangenehm kitzelten. Als er die letzten Kartons füllte, holte sie einen Haargummi aus dem Bad. Da packte er gerade die kleine Kaffeemühle ein.

Sie schüttelt den Kopf und geht in die Küche, um sich einen Tee zu machen. Dann fällt ihr ein, wie warm es draußen ist, und sie stellt den Wasserkocher zurück.

Was tut man eigentlich, wenn das Leben sich

auflöst und man, um vor dem Leck zu fliehen, plötzlich in einem Haus landet, das wie aus dem Nichts aufgetaucht ist? Das durch eine Textnachricht ihrer Mutter in ihr Leben gefallen ist. An diesem schwülen Montagabend Anfang August. Gerade hatte sie zum fünften Mal ungeduldig auf ihr Handy geschaut, weil Charlotta sich verspätete, dabei hatte sie selbst immer wieder betont, wie wichtig der Termin mit dem Gemeinderat sei. So wichtig, dass Matilda nicht nur einen akkuraten Pferdeschwanz trug, sondern auch das Pony mit Haarklammern zur Seite gesteckt hatte. In der Woche zuvor hatte ein Fremder in einer Bar zu ihr gesagt, dass sie mit dem Pony »niedlich« aussehe, und das wollte sie an diesem Tag unbedingt verhindern. Während sie mit der linken Hand die Nachricht ihrer Mutter öffnete, tastete sie mit der rechten nach den Ponysträhnen.

»Liebe Juli, liebe Matilda, Enni ist letzte Woche gestorben. Ich habe das Erbe ausgeschlagen. Das Haus gehört jetzt euch. Schlüssel ist wohl bei den Nachbarn hinterlegt. Wollte nur, dass ihr das wisst. Wir können ja mal telefonieren. Küsse, Mama.«

Als Matilda das Handy sinken ließ, bog Charlotta endlich um die Ecke, tellergroße Schweißflecken unter den dicken Armen.

Matilda mag Charlotta, mit der sie sich auch ein Büro teilt, und deshalb lächelte sie die gekeuchten Entschuldigungen über rote Ampeln einfach weg und murmelte »Ach was, Lotta, ist doch nicht schlimm, ich warte noch nicht lange.«

Eigentlich sagt sie das auch bei Menschen, die sie nicht mag, selbst wenn sie wirklich lange gewartet hat. Kurz überlegte sie, Charlotta von der Nachricht zu erzählen, aber dann hätte sie auch erklären müssen, wer Enni ist, und sie waren wirklich spät dran. Also steckte Matilda das Handy weg und ließ sich von Charlotta zum Sitzungssaal ziehen, um gegen die Mittelkürzung im Bereich Kultur zu protestieren.

Erst zwei Tage später rief sie ihre Mutter an.

DREI

Der See strahlt fast weiß unter dem gleißend hellen Sommerhimmel. In der Ferne liegt der dumpfe Wärmedunst und verschleiert, dass das Wasser eigentlich bis zu den Bergen geht und nicht bis zur Endlosigkeit des Horizonts. Ein paar Gewitterwolken türmen sich darüber, aber sie sind viel zu weit entfernt, um bedrohlich zu wirken.

Ich habe es bis heute niemandem erzählt. Nicht nur weil ich nicht wüsste wem, sondern auch, weil ich lange dachte, dass auch du es als Geheimnis bewahrst. Irgendwann wurde mir klar, dass du es zumindest ihm erzählt haben musst. Jetzt frage ich mich oft, was geschehen wäre, wenn es alle gewusst hätten. Wäre das wirklich so schlecht gewesen?

Heute stellt sie sich einen Wecker und geht einkaufen. Es fühlt sich ein bisschen wie früher im Familienurlaub an, wenn man in einer fremden Stadt die Grundlagen für die beiden Wochen im Ferienhaus besorgte. Sie sucht unnötig lange nach bestimmten Produkten im Regal und packt einen kleinen Vorrat an Nudeln ein, Gemüse, Obst und zwei Packungen Gummibärchen. Nur die Marmelade stellt sie wieder zurück, als ihr einfällt, dass Enni sicher selbst welche im Keller gelagert hat.

Sie liegt richtig. Die Neonröhren surren noch genau wie früher. Kurz steht sie unschlüssig im kühlen Keller, überlegt, ob sie ein wenig stöbern soll, und schürft sich bei einer unachtsamen Bewegung die Fingerknöchel am groben Rauputz auf. Hastig steigt sie die Treppen wieder nach oben, um sich das Blut und den Staub vom Handrücken zu waschen. Seitdem tigert sie durch das Wohnzimmer, streicht abwechselnd mit den Fingern die Buchrücken und die Regalbretter entlang, hat den Keller wieder vergessen und fragt sich, genau wie gestern, was sie nun mit der ganzen Zeit anfangen soll. Sie macht das Radio an und denkt an die Arbeit. Michael, ihr Chef, hat ihr den Urlaub ohne zu zögern genehmigt; sie hat ohnehin viel zu viele Überstunden und kann wahrscheinlich eine ganze Weile fortbleiben. Das hat er gesagt. Sonst ist er da nicht so großzügig. Vor allem geht es dem Verein gerade nicht so gut. Die Stadt hat die Kulturfördermittel, die sie verteilen, nämlich doch gekürzt und manche Anträge für Veranstaltungen, die seit Jahren abgehalten werden, müssen diplomatisch abgelehnt werden. Matilda hat den Verdacht, dass Michael froh ist, wenn sie eine Weile nicht da ist. In letzter Zeit sind ihr mehr Fehler passiert, unbeantwortete E-Mails, vergessene Rückrufe, falsch adressierte Briefe. Alles überlagert von der Diaschau in ihrem Kopf.

Matilda wählt Julis Nummer. Niemand geht ran. Natürlich nicht, es ist Montagmorgen, Juli ist bestimmt in der Redaktion. Sie überlegt, ob sie es auch bei ihren Eltern probieren soll, entscheidet sich dann aber dagegen. Kurz wandert ihr Finger in Richtung des Schnellwahlsymbols, mit dem sie Mads erreicht. Es prangt noch immer auf dem Startbildschirm ihres Handys und zeigt in einem kleinen viereckigen Foto sein Grinsen unter einer Mähne mausbrauner Haare, die etwas zu lang sind. Bevor es *Ritsch-Klick* machen kann, legt sie das Handy weg. Stattdessen dreht sie das Radio lauter und öffnet die Fenster. Auf den Zweigen der Bäume streiten sich Vögel um Belanglosigkeiten.

Wie gut die Natur doch im Heucheln ist, denkt sie. Da liegt der herrlichste Sommertag vor einem, als gäbe es nichts Schlechtes auf der Welt.

Ihr Handy summt auf der Küchenablage. Sie tritt näher, um einen Blick darauf zu werfen. Charlotta wünscht ihr einen schönen Urlaub.

»Hab gerade erst von Michael gehört, dass du weg bist. War das eine spontane Entscheidung oder hab' ich was verpasst letzte Woche?«

Matilda sieht ihren mitleidigen Blick, die traurigen Augen über etwas zu dicken Backen, so deutlich vor sich, als hätte Charlotta ihn als Signatur mitgeschickt.

Timos Band hat einen Auftritt bei einem Gartenfest nächste Woche und er lädt sie ein zu kommen. Die Nachricht enthält mehr Emojis als Text. Vor allem startende Raketen und Flammen.

In einem Gruppenchat fragt jemand: »Leute, treffen wir uns Freitagabend? Abendessen bei mir, danach können wir ja weiterziehen. Matilda, kommst du auch? Wir bringen dich auf andere Gedanken!«

Matilda lässt den Bildschirm wieder schwarz werden. Sie will keine »hey-wie-gehts-dir?«-Nachrichten, nicht all die »meld-dich-wenn-du-was-brauchst«-Zeilen.

Sie hat es wirklich versucht in den letzten Wochen. Sie hat sich mitnehmen lassen in Kellerclubs und neue italienische Restaurants, hat sich angehört, sie müsse jetzt möglichst schnell mit jemand anderem schlafen, alte Fotos verbrennen, und sie könne froh sein, dass sie noch nicht verheiratet gewesen seien. Kai und Melissa, die machen gerade eine Scheidung durch, nach nur zweieinhalb Jahren Ehe und das ist für niemanden ein Zuckerschlecken.

Einmal hat sie eine Nacht durchgetanzt und für wenige Stunden hat es sich wirklich angefühlt, als wäre sie in eine Welt zwischen den Zeiten gelangt, als würden Vergangenheit und Zukunft über ihr vorbeifließen und sie nicht mehr berühren. Aber dann ist sie durch die dunkle Stadt nach Hause gelaufen und als sie den Schlüssel ins Schloss gesteckt hat, hat sie doch wieder geweint.

Das Einzige, das manchmal ein bisschen hilft, ist mit Juli zu telefonieren. Und wenn sie Juli nicht erreicht, dann nimmt sie ihren Schlüsselbund in die Hand und tastet nach dem Schlüssel zum Haus ihrer Eltern. Eigentlich will sie gar nicht wieder in ihrem alten Kinderzimmer schlafen und so tun, als passe sie noch in eine Welt, in der der größte Verlust ein abhandengekommenes Kuscheltier ist, aber sie könnte. Jederzeit, ohne etwas einzupacken. Wenn sie den Schlüsselbund dann wieder an den Haken neben die Tür hängt, fühlt sie sich meistens ein kleines bisschen besser.

Obwohl es noch nicht einmal Nachmittag ist, ist die Luft vor dem Fenster warm und Matilda überlegt, wann es wohl gewittert.

Langsam steigt sie auf dem Weg ins Badezimmer die Treppe hoch. Im dunklen, schmalen Flur hält sie inne. Vorsichtig, als ob sie dort noch jemanden wecken könnte, schlüpft sie durch die Tür in Ennis Schlafzimmer und öffnet das Fenster.

Im Bett liegt noch Ennis Nachthemd. Es ist grässlich geblümt. Matilda widersteht dem Bedürfnis, daran zu schnuppern. Sie weiß nicht, was sie mehr erschrecken würde: dass ihr Ennis Geruch vertraut oder fremd vorkommt.

Dass sie zu ihrer Großmutter keinen Kontakt mehr hatte, war ihr nie seltsam vorgekommen. Keine Mutter mehr zu haben, wie ihr ehemaliger Mitbewohner Timo, das ist schlimm, aber eine Großmutter weniger, wen stört das schon? Das ist ja schon eine Generation weiter, das hat ja nichts mit ihr zu tun.

Unschlüssig blickt sie im Zimmer umher. Plötzlich fragt sie sich, ob Enni wohl in diesem Bett gestorben ist. Ihre Mutter hat nichts über die Umstände gesagt. Kurz erwägt sie, den Raum wieder zu verlassen und am besten nicht mehr zu betreten, aber er strahlt nichts Schauerliches aus. Es ist einfach nur das Schlafzimmer einer alten Frau.

Im Nachttisch liegt eine Dose mit Creme, eine Lesebrille, Taschentücher und ein paar Nylonstrümpfe. Außerdem eine kleine Pappschachtel, in der eine Goldkette mit einem rund geschliffenen blau schimmernden Stein als Anhänger zum Vorschein kommt.

Und ein Foto. Matilda zieht es behutsam hervor und setzt sich auf die Bettkante. Es zeigt einen jungen Mann, vielleicht Ende 20 mit wachen Augen und einem Lächeln, das herausfordernd auf sie wirkt. Auf der Rückseite steht »Hans Wells«. Der Name ist in ordentlichen, leicht schräg stehenden Buchstaben geschrieben.

Sie muss lächeln. Das Bild ist schwarz-weiß und bestimmt fünfzig Jahre alt. An den Rändern ist es etwas fleckig. Matilda legt es zurück. Dann lässt sie die Kette durch ihre Finger gleiten und legt sie an. Gerade als sie aufstehen will, um sich im Spiegel zu betrachten, klingelt ihr Handy in der Hosentasche.

Juli ist dran.

»Na Schwesterherz? Du hast versucht, mich anzurufen?«, fragt sie.

»Wusstest du, dass Enni in ihrem Nachttisch ein Bild von einem Mann liegen hat, der nicht Opa ist?«, entgegnet Matilda.

»Äh, was? Nein. Wie kommst du denn jetzt darauf? Deswegen rufst du an?«, Juli klingt verwundert.

Matilda zuckt mit den Achseln: »Was? Nein, ich wollte nur quatschen. Das Bild hab' ich gerade zufällig in der Hand gehabt.«

»Ach so. Hör zu, Liebes, hast du Mama schon angerufen?«

»Nein.«

»Machst du das noch?«

»Ja klar.«

Es sind Pausen zwischen den Antworten. Matilda ist von Ennis Bettkante aufgestanden, um das Fenster wieder zu schließen.

»Ich glaube, sie wäre beruhigt, mal von dir selbst zu hören, dass es dir gut geht und nicht immer nur von mir. Wegen der Sache mit Mads. Und ... «

»Ja, du hast recht, ich ruf sie bald an. Ich hab nur ... ich hab nur Angst vor ...«

»Ihrem Mitleid?«

Matilda schweigt und malt nebenbei mit ihrem

Zeigefinger die Konturen des Fenstergriffs nach.

»Ja, irgendwie schon.«

Juli lacht leise.

»Geht es dir denn gut?«, fragt sie dann, wobei sie das erste Wort sonderbar betont.

Matilda weiß es selbst nicht.

»Ich vermisse Mads«, sagt sie dann.

»Natürlich tust du das.« Die Stimme ihrer Schwester wird sanft. »Und er vermisst dich wahrscheinlich auch.«

»Warum meldet er sich dann nicht?«

»Weil du ihm gesagt hast, dass du Abstand brauchst, um damit klarzukommen?«

Das stimmt.

»Er respektiert nur deinen Wunsch.«

»Aber es fühlt sich an, als wäre ich ihm egal.«

Juli spricht im Hintergrund mit jemandem.

»Das bist ... warst du nie. Das weißt du doch. Es ist eben alles ...«, sie seufzt, » ... wirklich ... kompliziert.«

Matilda schweigt.

»Wer ist denn der Mann auf Ennis Foto?«

Ihre Schwester will sie ablenken, aber Matilda protestiert nicht.

Sie geht die zwei Schritte zum Nachttisch zurück und sieht erneut auf die Fotorückseite.

»Hans Wells. Keine Ahnung. Ist doch auch nicht wichtig.«

»Wenn du meinst«, sagt Juli. Im Hintergrund redet wieder jemand. »Ich wäre neugierig.«

Matilda blickt noch einmal in die Schublade und sieht dann aus dem Fenster.

»Was treibst du jetzt die ganze Zeit am See?«, fragt Juli. »Machst du deine verdienten Ferien? Baden, Lesen, durch die Gassen streifen?«

Matilda zuckt mit den Schultern. Dann fällt ihr ein, dass Juli das nicht sehen kann.

»Ja, weiß noch nicht so recht. Eigentlich wollte ich ja über mein Leben nachdenken, darüber, was ich jetzt so mache ohne Mads, aber das tut weh. Deswegen streife ich durch das Haus. Es ist alles wie früher. Weißt du noch, wann wir das letzte Mal hier waren?«

Jetzt schweigt Juli.

»Nein, ist sehr lange her. Eigentlich schade. Warum waren wir als Erwachsene nie da?«

»Ich weiß nicht. Vielleicht hatten wir vergessen, wie schön es hier immer war. Oder wir haben es nicht gemacht, weil Mama und Papa auch nicht mehr gekommen sind. Es ist mir erst jetzt wieder eingefallen.«

Jetzt ist der Moment, Juli zu fragen, ob sie nicht auch noch herkommen will. Aber es ist weit, fast einmal durch ganz Deutschland.

»Ist es okay, wenn ich dich die nächsten Tage noch mal anrufe?«, fragt Juli.

»Klar«, beeilt sich Matilda zu sagen.

»Ich muss nämlich Felix vom Kindergarten abholen. Und dann bei Jakob abliefern und dann schnell zurück zum unfreundlichsten Chefredakteur meiner bisherigen Karriere.«

»Grüß ihn von mir.«

»Den Chefredakteur?«

»Nein, Felix natürlich.«

»Ach so, mach ich. Er war neulich mit der Kindergartengruppe am Hafen hier in Hamburg. Sie durften wohl einen dieser Kräne besichtigen, die die Container von den Schiffen transportieren. Seitdem spricht er von nichts anderem.«

Matilda hört, wie bei Juli eine Autotür zugeschlagen wird. »Bis bald«, sagt sie und versucht ihre Enttäuschung zu verbergen. Sie wollte Juli noch erzählen, dass sie die Stelle mit dem Wespennest gesehen hat, und sie fragen, ob sie sich an den Stromausfall erinnert.

»Bis bald«, sagt Juli und legt auf.

Matilda schiebt die Nachttischschublade zu und beschließt, durch die Stadt zu schlendern. Vielleicht kann sie danach zum Hafen gehen und eine Postkarte mit einem Schiff für Felix kaufen. Die Schiffe auf dem See sind zwar meilenweit entfernt von den großen Tankern, die durch Hamburg fahren, aber er wird sich bestimmt trotzdem freuen.

VIER

Dieser Augusttag fühlt sich zum ersten Mal nach Spätsommer an, im Schatten muss man eine dünne Jacke tragen und das Wasser steht hoch, weil jetzt wirklich aller Schnee in den Bergen hinter dem See geschmolzen ist. In der Nacht hat es gewittert.

Der See hat am Morgen ein dunkel schimmerndes Grau gehabt und ausgesehen, als wäre er sehr tief. Dann aber sind die Wolken verschwunden und jetzt ist der Wind leicht kühl über dem fast metallisch glänzenden blauen Spätsommertag. Am Horizont ist es diesig. Als seien alle Gewitterwolken der letzten Nacht nichts als ein böser Traum gewesen.

MATILDA SCHLÄFT WIEDER in dem schmalen Bett im Gästezimmer, sie will sich nicht in Ennis Bett legen, obwohl es breiter ist und bequemer aussieht. Es kommt ihr irgendwie falsch vor. Sie überlegt, ob Enni wohl traurig darüber gewesen wäre, dass sie nicht zu ihrer Beerdigung da war, und ob sie Juli einmal fragen soll, ob sie irgendwann zusammen das Grab besuchen.

Warum eigentlich haben sie nie »Oma« gesagt? Sie ist immer Enni gewesen. Auch ihre Mutter nennt sie so. Matilda versucht sich angestrengt an eine Geschichte zu erinnern, irgendetwas, wie aus Mama oder Oma oder aus ihrem richtigen Vornamen »Enni« geworden ist, aber ihr fällt nichts ein. Währenddessen schiebt sie mit bedächtigen Bewegungen die Reste ihres Frühstücks auf dem Teller von rechts nach links und wieder zurück. Dann beginnt sie, gedankenverloren an dem ausgewaschenen T-Shirt zu zupfen, das ihr viel zu groß ist. Obwohl es schon Mittag ist, trägt sie noch immer die Sachen, die sie zum Schlafen angehabt hat. Sie setzt sich auf den Küchentisch und lässt die Beine baumeln. Betrachtet ihre knubbeligen Knie. Narbenfrei, anders als die von Juli, vielleicht weil am Ende immer Juli geschubst wurde und gefallen ist, während Matilda sich hinter ihr versteckt hat. Oder weil Matilda nie den Hechtsprung von der Gartenmauer ihrer Eltern zur Bordsteinkante gewagt hat. Erst letztes Weihnachten, als sie es Felix zeigen wollte. Da ist sie zum ersten Mal gesprungen. Und obwohl ihre erwachsenen Beine kürzer sind als die der meisten Menschen, sogar ihre Mutter überragt Matilda noch immer um einen Kopf, reichen sie inzwischen, um den Sprung zu einem Schritt werden zu lassen. Hingefallen ist sie trotzdem. Schneematsch an der Bordsteinkante. Da lag sie dann, die Jeans im Schnee, und musste einfach in Felix' glockenhelles Kinderlachen mit einstimmen, bis Jakob, Julis Mann, ihr aufhalf, weil Juli damit beschäftigt war, ein Foto zu machen. Sie hat es ausgedruckt, »Matildas erster Sprung« darauf geschrieben und es bei ihrem letzten Besuch mit breitem Grinsen an Matildas Kühlschrank geklebt.

Matilda zieht die Füße an und zupft das weite T-Shirt über den Rand ihrer kurzen Hose bis über die blassen Knie, um das nächste Dia zu verscheuchen. Vergeblich.

Ritsch-Klick.

Mads braun gebrannte Hand auf ihrem nackten Knie, er bewegt den Daumen fast unmerklich und lächelt sie von der Seite an, anstatt auf die Open-Air-Bühne vor sich zu sehen. Den ganzen Abend, auch als Romeo theatralisch stirbt. Matildas Verein hat den Abend mit organisiert, am Ende bekommen sie und Charlotta große Blumensträuße überreicht. Zu Hause sagt sie zu ihm: »Du interessierst dich nicht wirklich für meine Arbeit, oder?«

»Ich interessiere mich für dich«, sagt er und nimmt ihr die Blumen aus der Hand.

Matilda zieht die Füße noch näher an sich heran und noch energischer am T-Shirt.

Füße auf dem Küchentisch. Ob sie das als Kinder auch immer getan hatten? Ob Enni es erlaubt hatte? Sie weiß es nicht mehr. Sie sucht nach alten Fotoalben, um ihre Erinnerung aufzufrischen, und findet sie schnell. Es sind nicht viele, vier schmale Büchlein in der untersten Ecke eines Regals und sie sind nichtssagend, die meisten Menschen auf den Bildern kennt sie nicht. Natürlich erkennt sie Enni und ihren Großvater, der häufig neben ihr in die Kamera lächelt. Und da sind ihre Mutter und später ihr Vater, aber es dauerte lange, bis sie ein Bild findet, auf dem auch sie und Juli abgebildet sind. Es ist im Hinterhof aufgenommen worden, sie stehen bis zu den Knien in einem großen Wassereimer und strahlen über das ganze Gesicht. Ihre bunten Kindersonnenhüte werfen Schatten über ihre runden Augen. Ob das vor oder nach dem Sommer mit dem Wespenstich gewesen ist? Julis Hand hält ihre fest umschlossen und Matilda widersteht der Versuchung mit dem Finger über das Gesicht ihrer Schwester auf dem Foto zu fahren. Juli.

Juli mit dem ewig schiefen Grinsen und den ewig aufgeschlagenen Knien. Mit dem Glanz in den Augen, dem furchtlosen Blick und der schmalen Lücke zwischen den Schneidezähnen. Ihre kindliche Streitlust hat Juli schon lange abgelegt, aber vermutlich würde sie Matilda noch heute mit Zähnen und Klauen gegen die älteren Jungs auf dem Spielplatz verteidigen. Mit Juli ist sie immer größer gewesen, ohne es zu merken, bis sie sich irgendwann auch ohne sie groß genug gefühlt hat.

Im dicksten Album ist vorne auf dem Vorblatt, auf das man eigentlich keine Bilder klebt, zum ersten Mal etwas beschriftet. »Hochzeitstag« steht am unteren Ende der Seite. Das Bild darüber ist fort. Matilda streicht mit den Fingern über die Kleberückstände, die es zurückgelassen hat. Auch die Bilder danach sind beschriftet, scheinbar haben ihr Opa oder Enni bei diesem Büchlein die Muße gehabt, fast jedes Bild zu kommentieren. »Ausflug zu Werner & Hilde« liest Matilda unter einem Bild, auf dem ihre Großeltern bei fremden Menschen an einer reich gedeckten Kaffeetafel im Garten sitzen. Direkt neben drei hochgewachsenen Sonnenblumen, die sie alle überragen. »Sommerfrische« steht unter einer Bilderserie, die sie am See zeigen. Auf einem lässt Enni ihre nackten Beine von einem Steg ins Wasser baumeln. Es gibt keine Jahreszahlen, aber es muss am Anfang ihrer Ehe gewesen sein. Irgendwann gibt es Fotos von ihrer Mutter, als Säugling, als Kleinkind, man kann ihr beim Wachsen zusehen. Es geht bis »Carlas erster Schultag«, dann noch ein paar Bilder von Freunden ihres Großvaters. »Dieter Kurz«, »Hans Stumm«, »Adolf Leinendecker«. Es ist immer die gleiche Schrift. Matilda kennt keinen der Namen. Dann endet das Album.

Sie klappt die Alben wieder zu und stellt sie zurück ins Regal. Es sind enttäuschend wenige Fotos von ihr selbst zu finden gewesen. Nichts, was ihrer Erinnerung auf die Sprünge hilft. Sie versucht, sich an das letzte Mal zu erinnern, als Juli und sie hier gewesen waren. Es muss im ersten Sommer nach dem Tod ihres Großvaters gewesen sein, vielleicht auch im zweiten. Bis auf die einzelnen Bilder, die direkt am ersten Abend in ihrem Kopf aufgetaucht sind, bleibt die Zeit, die sie hier verbracht haben muss, blass und leer, beinah durchsichtig. Warum nur kann sie sich nicht daran erinnern, sie ist doch dabei gewesen? Die letzten Jahre hat sie kaum daran gedacht.

Manchmal, wenn einer ihrer Freunde von einem Familiengeburtstag erzählte, dachte sie an Enni und Opa, aber schnell wurden diese Gedanken wieder von anderen verscheucht. Und manchmal, wenn sie auf der Karte des Wetterberichts abends im Fernsehen nicht ihren Wohnort mit den Augen fixierte, sondern mit dem Blick umherwanderte und den Wolkenformationen oder den Linien der Hochdruckgebiete folgte, dachte sie an den See und schaute, wie dort morgen das Wetter werden würde. Aber sie ist nie wieder hier gewesen.

Plötzlich kommt Matilda ein Gedanke. Sie

nimmt zwei Stufen auf einmal und kehrt mit dem Foto aus Ennis Nachttisch ins Wohnzimmer zurück. Dann blättert sie alle Alben noch einmal durch und vergleicht das Gesicht von Hans Wells mit den unbekannten Männern auf den Fotos. Einmal glaubt sie, eine Übereinstimmung zu haben, aber bei genauerem Hinsehen sind die Nasen und auch die Münder dann doch verschieden. Auch die Handschrift auf der Fotorückseite sieht anders aus als bei den Bildunterschriften. Das »a« ist irgendwie runder und die ganze Schrift geneigter.

Enttäuscht legt sie das Bild in eines der Alben und klappt sie zu. Sie muss noch Streichhölzer kaufen, das hat sie gestern Morgen vergessen. Sonst bekommt sie den alten Gasherd nicht an. Aber vorher wird sie dieses alte, viel zu große T-Shirt gegen etwas Ansehnlicheres tauschen.

FÜNF

Der Dunst am Horizont verfärbt sich lila, die Wolken darüber sind orangegold mit einem Schuss Rosa, dann kommt ein unmerklich grünlicher Streifen und dann das zarte Himmelblau, vor dem sich das dunkle Grün der Blätter fast schon schwarz absetzt.

Und später wird der Dunst bläulicher und man kann nicht mehr sehen, wo das Wasser aufhört und der Himmel anfängt.

Und die Welt seufzt, aber es ist kein trauriges Seufzen, es ist ein Seufzen, wie man am Ende eines langen, guten Tages seufzt, dessen Wunderbarkeit man nicht fassen kann. Ein verwundertes Seufzen. Ein bisschen ratlose Zuversicht.

Und glaub mir, die Häuser lächeln.

MATILDA HAT DIE Wärme, die über die Mittagszeit gekommen war, genutzt und ist spät am Nachmittag zu einem Spaziergang aufgebrochen. Lange ist sie dem Uferweg gefolgt und erst als die Sonne schon sehr tief stand wieder umgekehrt.

Die Sonnenstrahlen treffen jetzt nicht mehr die Oberfläche des Sees, sondern nur noch die Spitzen der strahlend weißen Segel weit draußen und überziehen sie mit Gold.

Weil die Luft den ganzen Tag über feucht und schwer gewesen ist, liegt ein goldener Dunst über der ganzen Stadt und der Bucht. Die dunklen Konturen von staunenden Leuten heben sich vor dem Goldschimmer ab, wie sie da auf dem Steg im See stehen und ihre Kameras zücken. Vermutlich ist man nur im November manchmal fast allein am Ufer.

Matilda steht an einer niedrigen Mauer, die den Uferweg säumt. Die Steine strahlen die Wärme des Tages in den kühlen Augustabend. Langsam verfärbt der Dunst sich lila.

Das Gold und die Milde der Sommerabende machen jeden Ort schön, denkt Matilda. Selbst den schäbigen Hof hinter Ennis Haus oder die Industriebrache gegenüber von ihrem Büro zu Hause. Aber wenn ein Ort auch so schon schön ist, dann wirken die Abendstunden besonders übernatürlich.

Auf einer verlassenen Parkbank am Seeufer, etwas abseits von einer Familie, die ihre Picknickdecke auf dem Kieselstrand ausgebreitet hat, schreibt sie die Postkarte für Felix, die sie gestern gekauft hat. Seine Eltern werden sie ihm vorlesen müssen und Matilda denkt darüber nach, wie schön es werden wird, wenn er alt genug ist, um sie in seinen Ferien alleine zu besuchen. Er könnte mit dem Zug aus Hamburg kommen und sie würde ihn am Bahnhof abholen, vielleicht könnten sie auch zusammen hierher an den See fahren. Oder Juli und Jakob würden mitfahren und sie könnten alle zusammen eine Zeitlang in Ennis Haus wohnen. Felix würde den See sicher lieben. Sie hat eine Karte gekauft, auf der mehrere Ausflugsschiffe von Möwen umkreist werden. Im Hintergrund sieht man die Berge. Sie schreibt davon, dass es hier manchmal wirklich so aussieht und vom Sommer und dass sie noch schwimmen gehen will. Sie malt noch ein winkendes Strichmännchen neben ihren Namen, damit es etwas gibt, das Felix, auch ohne lesen zu können, wiedererkennen wird. Sie hat überlegt, noch mehr Karten zu kaufen und zu verschicken, aber eigentlich hat sie keine Lust auf ihr normales Leben, ihre Freunde zu Hause, ihre Eltern. Auf alle, die sie mit diesem mitleidigen »Eine-Trennung-nach-so-vielen-Jahren-ist-hart«-Blick ansehen und die doch alle genauso weiterleben, wie sie es zuvor getan haben, und nicht im Ansatz nachempfinden können, wie sie sich fühlt. Es ist, als wäre sie falsch abgebogen, als lebe sie jetzt ein Leben, das nicht ihres ist. Eine Parallelwelt, ein Fehler, den man schnellstens wieder rückgängig machen muss, aber sie weiß nicht wie. Am Anfang hat sich alles dumpf und taub angefühlt, als ob sie bei allem, was sie tat, nicht wirklich anwesend gewesen wäre. Dieses Gefühl ist schon besser geworden, aber manchmal schleicht es sich wieder ein. Und immer wieder fragt sie sich, ob sie sich richtig entschieden haben. Ob es wahr ist, dass sie so glücklicher werden würden. Irgendwann. Beide. Sie hat das Gefühl, dass es mehrere Wahrheiten gibt. Es ist genauso wahr, dass es doch irgendwie hätte funktionieren können, wie es wahr ist, dass es nicht funktioniert mit dem Meer zwischen ihnen. Doch wenn das eine wahr ist, dann muss doch das andere falsch sein und andersherum. Aber irgendwie stimmt beides. Wie eine defekte Glaskugel, die allen Zukunftsvarianten zustimmt, nach der man sie befragt.

Matilda seufzt.

Als die Sonne den Himmel fast verlassen hat, ist er orangegrün und hellblau und auf dem Wasser bewegen sich leichte Wellen in respektvollem Abstand hinter einem Motorboot Richtung Ufer. Die Vorderseite jeder Welle liegt im eigenen Schatten und ist metallblau, die Rückseite schimmert leicht orange. Leise gluckernd treffen sie auf die Uferbefestigung und verlieren jede Farbe an den Steinen. Sie steckt Felix' Karte ein und geht weiter.

Als Matilda wenig später heimkommt, tritt gerade Ennis Nachbar vor seine Haustür, während sie in ihrer Tasche nach dem Schlüssel sucht.

»Guten Abend, junge Dame«, lächelt er.

Es klingt, als ob er sie als Kind auch schon so angesprochen hat, aber sie kann sich nicht daran erinnern. Sie weiß nicht einmal seinen Namen. Sein Gesicht ist eingefallen, als ob seine Haut noch immer für mehr Fett an Backen und Hals gemacht ist und jetzt einfach nur schlaff darüberliegt. Mit dem Walrossschnauzbart sieht er aus wie jemand, der zur See gefahren ist, aber zur richtigen See, nicht zur Pfütze vor der Stadt.

»Sie müssen eine von Helenes Enkeltöchtern sein«, sagt er. »Oder eine Einbrecherin, die sich an diesem leer stehenden Haus gütlich tun will. Aber dann hätten Sie wohl kaum einen Schlüssel.«

Kurz ist Matilda irritiert, dass der Nachbar Enni bei ihrem richtigen Vornamen nennt, dann stellt sie sich vor und berichtet, dass sie den Schlüssel am Samstag bei den Nachbarn auf der anderen Gassenseite abgeholt hat. Ihre Mutter hat ihn beim letzten Mal dort abgegeben, damit sie und Juli in das Haus können, wenn sie herkommen.

Das Licht wird schwächer und die Farben von vorhin sind inzwischen alle nur noch ein verwaschenes Hellgrau, wie geschmolzene Regenwolken.

Sie plaudern eine Weile über Belanglosigkeiten. Der Nachbar will wissen, was mit dem Haus passiert.

»Das wissen wir noch nicht.«

»Nun, dann überlegen Sie es sich. Hauptsache es werden nicht noch mehr Ferienwohnungen daraus, in denen dann im Winter niemand ist.«

Darüber hat Matilda noch nicht nachgedacht, aber der Mann tippt sich an die Stirn, als ob er eine Mütze lüpfen würde, und verabschiedet sich.

Als er fast im Flur verschwunden ist, fällt Matilda etwas ein: »Warten Sie kurz. Kennen Sie einen ... einen Hans Wells?«

Der Nachbar bleibt stehen. Überlegt kurz.

»Nein, ich glaube nicht. Wer soll das sein?«

Sie denkt nach.

»Ich weiß nicht so genau. Er müsste in Ihrem Alter sein. Ein Freund von ... von Helene zum Beispiel? Vielleicht ist er ja ab und zu hier vorbeigekommen.«

Der Nachbar schüttelt den Kopf und macht einen weiteren Schritt in sein Haus. Dann bleibt er noch mal stehen.

»Es gibt ein Boot unten am Anleger, das so heißt.«

Matilda sieht ihn an.

»Haben die nicht alle nur Nummern?«

Er schüttelt den Kopf.

»Schiffe haben eine Seele und alles, was eine Seele hat, hat einen Namen.«

Ein Satz, der Matildas Seefahrertheorie stützt. Unwillkürlich linst sie nach einem Anker-Tattoo auf seinem Oberarm, aber leider kann sie nichts erkennen.

Der Nachbar hat die Tür geschlossen, bevor sie sich bedanken kann.

SECHS

Heute ist einer dieser Sommerabende, die einen übermütig machen und vergessen lassen, dass der Herbst nicht mehr weit ist. Die Sonne verlässt den Horizont schon früher, trotzdem haben ihre verbleibenden Strahlen noch etwas von der sanften Wärme, die auf der Haut prickelt, während sie die letzten Tropfen des Seewassers trocknet, in dem man gerade gebadet hat.

Der See hat die Farbe von Glanzpapier. Und später glüht am Horizont der Himmel, als würde die ganze Bergkette davor in Brand stehen.

Sagst du mir, wohin diese Abende gehen, wenn sie vorüber sind? An den gleichen Ort, an den die Liebe geht, die vorüber ist?

HEUTE GEHT MATILDA schwimmen. Tatsächlich hatte sie vergessen, die Badesachen einzupacken, aber sie ist nach dem Mittagessen in das erste Sportbekleidungsgeschäft gegangen, das ihr untergekommen ist, und hat einen grässlich langweiligen schwarz-weißen Badeanzug gekauft. Dann hat sie in Ennis Haus nach einer Decke gesucht, sich ein paar Brote geschmiert, ein Buch aus dem Regal ausgewählt und ist in den Bus zum Strandbad gestiegen.

Am Ufer ist es voll, die Luft vibriert vor Wärme und Rufen und dem Dröhnen der Sportboote auf dem See. Die Familie neben ihr spielt Federball und teilt am Abend Pommes vom Kiosk.

Matilda beobachtet eine Weile die Spieler auf dem Beachvolleyballfeld. Die abgeschlagenen Bälle und die Füße, die nach einem Sprung im Sand aufkommen, machen ein dumpfes Geräusch, das durch die Sonnencremeschicht und ihre Haut direkt in ihr Inneres sickert.

»Achte mal auf die Volleyballspieler«, hört sie ihren Opa sagen.

Sie ist sechs Jahre alt und klammert sich im kalten Seewasser an seinen Rücken. Sie will nicht schwimmen üben. Ihr Vater legt dann immer eine Hand unter ihren Bauch, erklärt ihr noch mal, wie sie die Arme und Beine zu bewegen hat und behauptet, er würde sie durch seine Hand stützen. Aber irgendwann, immer nachdem er gesagt hat »sieh doch, wie gut du es schon kannst«, zieht er die Hand weg und sie geht unter. Bei Opa wird es genauso sein und sie will sich nicht wieder am Seewasser verschlucken.

»Konzentrier dich auf das Geräusch, das die Bälle machen und die Füße, wenn sie im Sand aufkommen. Hör genau hin«, sagt ihr Opa. Matilda lauscht.

»Und jetzt, leg den Kopf zurück und leg dich auf den Rücken. Keine Angst, das Wasser trägt dich. Ich lasse zur Sicherheit meine Hand an deinem Rücken. Und wenn du richtig liegst, dann sind die Geräusche weg und du bist nur noch eine kleine Schicht zwischen Wasser und Himmel. Na los, probiere es aus. Man wird ganz leicht dann.«

Sie spürt die Hand an ihrem Rücken, kneift die Augen zu und atmet durch die Nase aus, damit kein Wasser hineinkommen kann, falls sie doch untergeht. Dabei lässt sie sich langsam nach hinten fallen. Die Hand bleibt an ihrem Rücken und als ihr Kopf die Wasseroberfläche berührt, werden alle Geräusche von einem leisen Gurgeln verschluckt. Sie atmet in kurzen, flachen Stößen, achtet auf die Hand, aber die bleibt, wo sie ist. Vorsichtig öffnet sie die Augen. Alles ist hellblau. Die Geräusche des Strandbades sind verschwunden. Ihr Atem wird tiefer und sie fühlt sich ganz leicht. Die Hand bleibt bis zum Schluss. Ab jetzt will sie nur noch mit Opa schwimmen gehen. Als sie es verkündet, lacht Enni und wirft Matildas Eltern einen vielsagenden Blick zu.

Matilda reibt über ihre Arme, lauscht auf die Geräusche der Gegenwart und probiert es direkt wieder aus.

Sie lässt sich vom Wasser tragen, schaut in

den Sommerhimmel, der sich unter ihren Blicken auszudehnen scheint, doch die Leichtigkeit will sich nicht einstellen. Sie geht zurück zu ihrem Handtuch, lässt sich von der Sonne trocknen und sucht dann einen Schattenplatz, an dem sie sich hinter ihrem Buch verstecken kann.

Sie will nicht denken, nicht an die leere Stelle auf dem Küchenregal, in dem die Kaffeemühle fehlt. Nicht an die Stille in Ennis Schlafzimmer. Nicht an Hans Wells. Nicht daran, dass sie schon viel zu lange immer nur ihren eigenen Atem hört.

Das Strandbad leert sich, aber sie bleibt und geht noch mal ins Wasser. Die gleichmäßigen Schwimmbewegungen passen zum Takt der Namen in ihrem Kopf, anstatt sie zu vertreiben. Hans Wells, einatmen, Kopf unter Wasser, Mads, ausatmen, auftauchen. Hans Wells, einatmen, Kopf unter Wasser, Mads, ausatmen, auftauchen. So schwimmt sie bis zu einer der hölzernen Badeinseln, die etwas weiter draußen mit großen Ketten und Betonvierecken am Seegrund befestigt sind. Die Plattform schaukelt sanft und ist voller Möwendreck.

Beim Zurückschwimmen verfängt sie sich in einer Alge. Jetzt sitzt sie wieder auf ihrer Decke und fischt braungrüne Blättchen aus ihren nassen Haaren. Erschrocken stellt sie fest, dass sie Ennis Kette auch beim Schwimmen getragen hat, aber sie hängt noch immer unversehrt um ihren Hals. Ihre Arme sind schon viel brauner als bei ihrer Ankunft und im Gesicht hat sie viele neue Sommersprossen.

Vor dem Strandbadkiosk wischt ein junger Mann pfeifend die Fliesen. Er trägt eine gestreifte Schirmmütze und Matilda überlegt, ob sie ihn fragen soll, wann abends die Busse zurück in die Stadt fahren, doch dann entscheidet sie sich, einfach zu Fuß am Ufer entlang zurückzugehen. Sie kennt den Weg nicht, doch es kann nicht so schwer sein.

Matilda isst ihre Brote auf und beschließt, auf dem Rückweg endlich ihre Mutter anzurufen. Sie faltet die Decke und schüttet die Krümel darauf in Richtung der beiden Enten, die Matilda schon eine ganze Weile beobachten. Sie machen sich schnatternd darüber her und Matilda schultert die Tasche mit dem Buch und den nassen Badesachen.

Sie geht eine Weile und hält ihr Gesicht in die tief stehende Abendsonne. Als sie das Gefühl hat, die Hälfte der Strecke geschafft zu haben, zieht sie ihr Handy aus der Tasche und wählt die Nummer ihrer Eltern – die einzige Nummer, die sie auswendig kann, seit sie sie damals mit fünf Jahren mit ihrem Vater geübt hat. Nicht einmal ihre eigene Handynummer kann sie sich merken, aber die sechs Ziffern von damals wird sie vermutlich noch auf dem Sterbebett wissen, wenn die Menschheit längst per Telepathie miteinander kommuniziert. In ihrem Rücken färben sich die sonst blassblau schimmernden Berge langsam orange.

»Graf-Laub«, meldet sich ihre Mutter mit dem Doppelnamen, den Matilda albern findet.

»Hey Mama, ich bin's«, sagt sie. Sie überlegt,

sich für die Dauer des Telefonats auf eine Bank zu setzen, entscheidet sich dann aber weiterzugehen.

»Matildaschatz!«

Die Freude in ihrer Stimme ist echt.

»Juli hat erzählt, du bist am See?«

Natürlich. Sie weiß es bereits. Ihre Familie telefoniert einfach zu viel miteinander.

»Ja, bin ich. Ist es in Ordnung, dass ich … dass ich in Ennis Haus bin?«

»Natürlich Schatz«, die Stimme ihrer Mutter klingt mit einem Mal müde. »Nein, mach dir keine Sorgen. Es ist euer Haus. Ich habe das Erbe ausgeschlagen, weil ich mit eurer Großmutter … sagen wir … Differenzen hatte. Das heißt nicht, dass sich das auf euch … übertragen muss.«

Matilda überlegt, ob sie jemals von ihrer Mutter den Grund für das Zerwürfnis erfahren wird und ob sie es überhaupt wissen will.

»Es ist alles wie früher«, flüstert sie.

Ihre Mutter schweigt.

»Und der See hat jeden Tag eine andere Farbe.

Genau wie Enni es immer gesagt hat. Heute glänzt er richtig und jetzt wird alles rot und orange.«

Sie hätte gern das Lächeln ihrer Mutter gesehen. Sie hofft, dass sie gelächelt hat.

»Ich weiß, Schatz. Pass auf dich auf, ja? Und wenn was ist oder du was brauchst, ruf jederzeit an.«

Sie macht eine kurze Pause und es rauscht kurz.

»Grüße von Papa«, sagt sie dann. »Er ist gerade heimgekommen.«

»So spät?«, fragt Matilda.

Sie bückt sich und wirft einen kleinen, noch sonnenwarmen Kiesel vom Wegrand in den See. Wie es wohl aussehen würde, wenn man das Geräusch des eintauchenden Steins aufschreiben würde? Sie versucht, sich die Buchstabenreihenfolge im Kopf aufzusagen, aber nie klingt es so wie der Stein. Bgluck. Pflumg. Blumpfg.

Sie wirft noch einen. Es klingt anders.

Zwischen den Steinen liegt eine stumpfe

Glasscherbe. Die macht fast kein Geräusch, als sie auf der Wasseroberfläche aufkommt.

Ihr fällt auf, dass sie darüber versäumt hat, ihrer Mutter zuzuhören, wo ihr Vater gewesen ist. Gerade erzählt sie irgendetwas davon, dass der Sommer ja jetzt ende, wenn der August vorbei sei. Matilda überlegt, sie zu fragen, ob sie einen Hans Wells kennt. Aber eigentlich ist es nicht wichtig.

»Kommst du denn auf dem Rückweg noch bei uns vorbei?«, hört sie ihre Mutter sagen.

»Ja vielleicht. Ich weiß noch nicht, wann ich zurückfahre. Ich hab' noch eine ganze Weile frei und ich glaube, ich brauche noch ...«

»Abstand?«, beendet ihre Mutter den Satz.

»So was in der Art«, nuschelt Matilda. Irgendwo in ihr drin tut etwas weh, wenn sie an Mads denkt. Nicht nur in der Herzgegend, auch an anderen Stellen. Wie ein nasser Fleck, bei dem man nichts dagegen tun kann, dass er sich ausbreitet. Sie will eigentlich nicht darüber sprechen. Sie weiß nicht, welche Worte passen würden.

Sie hat ständig das Bedürfnis, Mads anzurufen, ohne zu wissen, was sie ihm sagen will.

Das Polizeiboot fährt vorbei. Abends fährt es häufig hier Richtung Anleger, hat Matilda festgestellt. Es ist blau, aber ein Blau, das der See niemals hat. Zu lackfarben.

Als sie ein paar Minuten später auflegt, bemerkt Matilda, dass sie direkt auf den Anleger zuläuft, von dem Ennis Nachbar gesprochen hat. Dunkelblaue Planen schaukeln zwischen Gitterstegen und kleinen Leitern. Sie gleitet mit ihrem Blick die Bootsrümpfe entlang. Sie haben tatsächlich Nummern, wie bei Autokennzeichen, aber auch Namen. »Flipper« heißt eines. Daneben liegt »Daniela«, dahinter »Seekuh«. Sie läuft den Anleger entlang. Über manchen Booten sind an Leinen Plastikraben befestigt, vermutlich um irgendwelche anderen Vögel abzuschrecken. Matilda überlegt, ob nicht ein Rabe von der Gesellschaft eines anderen Raben eher angelockt wird. Irgendwo schreien Möwen.

»Susi« heißt eines der Schiffe, es liegt neben »Neptun«. »Hans Wells« kann sie nicht entdecken. Vielleicht sollte sie wiederkommen, wenn es heller ist.

SIEBEN

Heute ist der See türkis mit einem Schuss
Flaschengrün. Er sieht aus, als hätte ihn ein Riese
zum Anmischen seiner Farben verwendet.
Zuerst hat er das Stahlblau hineingeträufelt, es
tropft noch immer vom Himmel. Dann kam
das Grün, helles und dunkles, und an verschie-
denen Stellen hat er sie vermischt, indem er
mit sanft kräuselndem Wind hineingepustet hat.
Dann hat er sich wieder auf einen der Berge
gesetzt und von dort hinten beobachtet er jetzt,
wie das Wasser des Sees die Farben ineinander-
fließen lässt. Der leichte Wind ist geblieben.

ES WEHT EIN leichter Wind an diesem ersten Septembertag und Matilda fühlt sich unruhig. Sie frühstückt in einem Café, um nicht so allein an Ennis Tisch zu sitzen. Aber umgeben von all den Müttern mit ihren Kleinkindern, den älteren Herren, den jungen Mädchen, die über ihren Kaffees und Croissants schnattern und lachen, fühlt sie sich noch einsamer. Sie hat ihren Laptop mitgenommen und checkt ein paar ihrer Arbeitsmails, nur um festzustellen, dass eigentlich nichts wirklich dringend ist und Charlotta ein Auge auf alles hat.

Der Kellner ist sehr freundlich und weist sie auf die Auswahl an Zeitungen hin, an der sie sich gerne bedienen dürfe, als er zum zweiten Mal an ihren Tisch kommt. Kurz darauf blättert Matilda lustlos im Lokalteil der regionalen Tageszeitung, weiß jetzt, dass der Gemeinderat ein neues Parkhaus plant (umstritten) und auch, wann die Sommerferien enden (diese Woche) und wie viele neue Erstklässler es stadtweit geben wird (582). Bei den Todesanzeigen bleibt sie hängen, sieht sich die Bilder von Engeln und Bäumen an und liest Namen von Menschen, die sie alle nicht kennt. Ihre Gedanken wandern zu Enni.

Wer war die Frau, für die sie sich ihr ganzes Erwachsenenleben nie interessiert hat? Matilda stellt fest, dass sie nichts weiß. Sie weiß nicht einmal genau, wann Enni geboren wurde. Wahrscheinlich irgendwann in den 1930er-Jahren. Wie war sie in ihrer Kindheit gewesen? Wie hieß sie, bevor sie Matildas Opa geheiratet hatte? Woher kannte sie ihn überhaupt?

Matilda erinnert sich nicht gut daran, wie die beiden zusammen gewesen sind. Wenn man vier oder fünf ist, ist es selbstverständlich, dass die Großeltern zusammen in einem Haus leben und einfach die Großeltern sind. Sie versucht, sich daran zu erinnern, was sie empfunden hat, als sie irgendwann nicht mehr an den See fuhren, aber sie kann keinen Gedanken in ihrem Kopf greifen.

Sie erinnert sich daran, dass Juli und sie mit Opa »Mensch-ärgere-dich-nicht" spielten und er sie nie einfach gewinnen ließ, sondern gnadenlos rauswarf, wenn er die Möglichkeit dazu hatte. Juli warf Opa dann stets einen dieser Blicke zu, von denen sie Matilda gegenüber immer behauptete, dass so »die Großen gucken, wenn sie etwas nicht lustig finden«.

Natürlich konnte Juli schon wie die Großen gucken und Matilda nicht.

Sie erinnert sich an Weihnachten in Ennis Küche, an Kerzen auf dem Fenstersims und etwas Wohlduftendes im Ofen.

Und an einen Herbst, als man nicht erkennen konnte, wo der See aufhörte und der Himmel anfing, so diesig war es gewesen. Juli gefiel das.

»Schau mal«, rief sie, »die Boote schwimmen im Himmel. Oder die Wolken ziehen über den See. Man kann es gar nicht unterscheiden.«

Matilda weiß den Wortlaut noch, weil ihre Eltern ihn unter eines der Fotos von dem Tag in ein Album geschrieben haben. Damals, als man Bilder noch entwickeln lassen musste und nicht auf dem Handybildschirm direkt ansehen konnte.

Es sind so viele typische Kindheitserinnerungen in ihrem Kopf, dass sie sich nicht ganz sicher ist, ob sie sich wirklich erinnert oder die Ereignisse nur aus Fotos und der Vorstellung, wie es gewesen sein muss, konstruiert hat.

Enni trägt eine Brille in ihrer Erinnerung und liest viel. Aber das ist alles. Matilda glaubt, dass sie Lehrerin war und Opa hat irgendwo bei der Stadtverwaltung gearbeitet. Er hat Locken in ihrer Erinnerung, große Hände und immer ein Stofftaschentuch in der Hosentasche, mit dem er ihnen verschmierte Münder und laufende Nasen abputzte. Er starb früh. Sie war noch klein und weinte ein ganzes Wochenende. Dann vergaß sie zu weinen. Als Kind kann man das noch. Und dann waren sie noch ein oder zwei Mal bei Enni, die jetzt allein war, bevor ihre Mutter anscheinend entschied, nicht mehr mit ihnen herzukommen. Aber viel mehr weiß sie nicht. Es ist alles so lange her. Und der Abend mit dem Stromausfall. War ihr Großvater da wirklich noch dabei oder ist das kurz nach seinem Tod gewesen?

Matilda seufzt. Was wohl Ennis Lieblingsbuch war? Sie hat so viele in ihrem Haus stehen, aber keines sieht besonders zerlesen aus.

Aus den Fotoalben haben sie die typischen Familienbilder angeblickt, die es in jeder Familie gibt. Tagebücher, die Menschen in Filmen immer finden, wenn sie sich mit verstorbenen oder verschollenen Familienmitgliedern beschäftigen, gibt es vermutlich keine.

Sie kann ihre Mutter fragen, aber sie weiß nicht, ob die Lust hat, über Enni zu reden. Sie hat ja noch nie viel über sie geredet.

Oder sie fragt Ennis Nachbarn. Aber was wissen Nachbarn schon über einen?

Ja, Frau Graf war eine nette Nachbarin.

Ja, sie hat im Urlaub nach meinen Blumen gesehen, ja, auch zu Kindern und Katzen war sie immer freundlich. Ja, ach, ein Foto im Nachttisch, nein, bedaure, ich weiß nicht, wer das ist.

Das wird nicht weiterhelfen.

Matilda überlegt, vielleicht zu Ennis Grab zu gehen, aber auch das wird ihr nichts sagen.

»Hallo Enni, ich bin's, du kannst nicht mehr antworten, aber wie war dein Leben in den letzten Jahren eigentlich so? Was hast du so getan den Tag über? Mochtest du Zitroneneis? Und wer ist eigentlich der Mann, dessen Bild du aufgehoben hast?«

Oder:

»Hallo Opa, lange nicht gesehen, erzähl mir doch mal was über deine Frau, jetzt wo sie wieder neben dir liegt. Wie war es, als ihr noch lebendig nebeneinander gelegen habt? Hast du manchmal ihrem Atem gelauscht? Hast du oft ihre Hand gehalten?«

Sie macht sich lächerlich.

Sie weiß nicht einmal, warum sie das interessiert. Sie kennt ihre anderen Großeltern, die Eltern ihres Vaters; sie leben in einer Kleinstadt vor Karlsruhe und sind freundliche Menschen. Sie hat liebevolle Eltern und eine warmherzige Schwester mit einem Mann und einem Sohn in Hamburg. Sie hat doch eine Familie, sie braucht keine Enni und keinen Opa mehr, sie hat die letzten zwanzig Jahre hervorragend ohne sie gelebt.

Und Enni hat auch ohne sie gelebt, in dem kleinen Haus in der Stadt am See, hat die Pflanzen im Hinterhof gepflegt und vielleicht gelesen und ein Foto von Hans Wells in ihrer Nachttischschublade liegen gehabt. Vielleicht hat sie jeden Abend darauf gesehen, vielleicht hat sie selbst nicht mehr gewusst, dass es da war.

Matilda wird es nie erfahren.

Sie überlegt, wann sie wieder nach Hause fahren soll. Sie zuckt dabei kurz mit den Schultern, als ob ihr jemand eine Frage gestellt hätte.

Als sie das Café verlässt, beginnt es zu tröpfeln. Matilda sieht zum Himmel und rettet sich dann in das Kaufhaus gegenüber. Direkt rechts ist die Abteilung für ältere Damen. Da gibt es immer Sofas für die Ehemänner. Matilda geht durch zwei Gänge mit schrill gemusterten Sommerkleidern, wadenlang, und findet schließlich, was sie sucht. Zwei Sofas und einen Sessel. Jagdliches Grün. Auf dem Sessel sitzt ein Mann mit über die Glatze gekämmten Haaren und starrt ins Leere. Sie setzt sich mit maximaler Entfernung zu ihm und zieht ihr Handy aus der Tasche. Aus dem Augenwinkel beobachtet sie den Mann. Das Alter könnte passen, vielleicht etwas zu jung. Vielleicht ist das Hans Wells.

Sie gibt »Hans Wells« in die Suchmaschine ein. Der Empfang ist schlecht. Der blaue Balken wandert langsam nach rechts.

Es gibt jemanden mit einer Rollladenfirma, der so heißt, aber die ist am anderen Ende des Landes. Es gibt einen Vorstand eines Kegelvereins mit dem gleichen Namen, aber auf den aktuellen Fotos der Jahreshauptversammlung sind die Männer eher um die fünfzig als achtzig.

Matilda steckt das Handy weg und schielt zu dem Mann. Sein Kopf ist auf die Brust gesunken und sie fragt sich, auf wen er wohl wartet.

Sie versucht, durch die Fensterfront hinter

den Kleiderständern zu schielen, um zu sehen, ob der Regen stärker geworden ist oder aufgehört hat. Man kann es nicht erkennen. Vielleicht sollte sie nach Hause gehen und noch mal in Ennis Büchern stöbern. Vielleicht findet sie dort einen Hinweis darauf, wie ihre Großmutter so gewesen ist. Oder sie könnte durch den Keller streifen. Hat das Haus eigentlich auch einen Dachboden? Matilda ist sich nicht sicher.

Als sich die Schiebetür des Kaufhauses öffnet, riecht es nach Sommerregen. Sonnenwarmer Asphalt, der nass geworden ist. Aber der Regen ist schon wieder vorbei und die Straße dampft.

ACHT

Die Luft ist drückend und daher macht sie auch das Wasser schwer.

Es ist, als ob es auf den Grund des Sees gedrückt wird und sich verdichtet. Daher ist auch seine Farbe besonders dicht und intensiv.

Heute ist es kornblumenblau.

MATILDA RÜHRT ETWAS lustlos in der übrig gebliebenen Soße am Boden ihres Eisbechers. Als er eben majestätisch und wie in einer Südseeurlaub-Werbung vor ihr stand, hat sie sich mit Genuss darüber hergemacht, aber schon nach ein paar Löffeln ist ihre anfängliche Euphorie verflogen. Jetzt knabbert sie an einem Stück Ananas, das am Rand des Bechers steckte. Irgendwie ist ihr das dann doch alles immer zu viel und zu süß. Außerdem gibt es ein neues Dia in ihrem Kopf.

Ritsch-Klick.

Es ist Winter und so kalt, dass ihr Atem vor ihren Gesichtern tanzt. Mads stellt mit ihr die ganze Stadt auf den Kopf, weil er unbedingt eine Eisdiele finden will. Alle sind sie in der kalten Jahreszeit in Lebkuchen- oder Strickläden umfunktioniert worden. Die eigentlichen Besitzer sitzen vermutlich bei ihren Familien in Neapel oder Rom oder in einer anderen italienischen Stadt, deren Namen Matilda und Mads nicht kennen. Und wahrscheinlich erzählen sie ihren Familien, wie kalt es in Deutschland ist und wie wenig die Deutschen fähig sind, »gelato« korrekt auszusprechen. Zumindest stellen sie es sich so vor.

Den ganzen Heimweg über schimpft Mads, dass die Menschheit den Sinn von Eis nicht verstanden habe und dass man es doch jetzt im Winter essen muss, weil es da auf der Hand nicht schmilzt und man es ganz genüsslich auf dem Heimweg verspeisen kann. Sie kaufen dann Zitroneneis im Supermarkt und spazieren zu Hause in ihren dicken Wintermänteln geradewegs auf den Balkon, um es dort zu essen – ohne dass es schmilzt. Matilda schüttelt den Kopf und versucht mit aller Macht, den Diaprojektor davon abzuhalten, das nächste Bild zu zeigen.

Die bunten Tische und geflochtenen Stühle unter den Schirmen sind gefüllt mit Familien und erschöpften Touristen, mit verliebten Pärchen und alten Männern, die vermutlich jeden Nachmittag hier Kaffee trinken. Sie kennen die Kellner und scherzen mit ihnen.

Es ist Sonntag, schon der zweite Sonntag, den sie in dieser Stadt ist und sie weiß immer noch nicht, was sie hier eigentlich genau tut und warum sie an diesem von der Hitze gebleichten Tag in der prallen Sonne auf einem zugepflasterten Platz ohne Grün sitzt.

Auf der anderen Seite des Platzes verschwindet gerade eine Reisegruppe hinter dem Portal einer Kirche. Ihr gedrungener Turm überragt die umstehenden Häuser nur knapp. Am Nachbartisch versuchen zwei ältere Damen, ihre Dackel aus dem Schatten unter den Stühlen hervorzuzerren und sie zum Weitergehen zu bewegen.

Matilda sieht zu einem Paar, vielleicht zehn Jahre jünger als ihre Eltern, an der Ecke der Tischansammlung und ein Gedanke durchzuckt sie: Küssen sie sich, weil sie sich lieben oder weil sie einsam sind?

Sie versucht, sich genau an ihren ersten Kuss

mit Mads zu erinnern. Damals, auf seinem zer-
schlissenen Sofa an dem kühlen Frühlings-
abend. Sie hatten sich an diesem Abend kennengelernt, bei einem Geburtstag eines gemeinsamen Freundes, und festgestellt, dass sie
in der gleichen Straße wohnten. Sie gingen gemeinsam nach Hause; es fühlte sich an, als sei
alles um sie herum aus Watte. Er lud sie auf einen Absacker in seine WG ein, auf deren Balkon
ein Sofa stand. Sie saßen da und froren und deshalb mussten sie etwas näher zusammenrücken,
aber sie kicherten dabei, weil Mads gerade von
dem Mitbewohner erzählte, der für kurze Zeit
mal ein Huhn in seinem Zimmer gehalten hatte.
Zum Abschied, bevor sie aufstand und ging,
küssten sie sich. Nicht weil sie den ganzen Abend
so nah nebeneinandergesessen hatten, nicht
weil sie die ganze Zeit darauf gewartet hatten. Es
war eher, als ob sich in diesem Moment ein Na-
turgesetz ohne ihr Zutun erfüllte. Wie Magnetis-
mus oder wie die reflexartige Bewegung eines
Graureihers am Ufer, wenn ein Fisch vor seinen

Schnabel schwimmt, wie der Regen auf die Erde fällt und nicht zurück zum Himmel, als ob es so sein muss. Der Kuss war nicht vorbereitet, es geschah nicht, weil sein Gesicht ihrem plötzlich zu nah gewesen war, zumindest kann sie sich nicht daran erinnern. Sie war überrascht, aber nicht verwundert. Mads brachte sie nicht zur Tür, er blieb auf dem Balkon und winkte ihr. Dann sahen sie sich länger nicht. Das war nicht schlimm, Matilda vermisste ihn nicht, wollte ihn nicht unbedingt wiedersehen. Sie dachte nur manchmal, wenn sie wieder etwas angetrunken und wie in Watte gepackt war, an den Weg zu seiner WG und fragte sich, ob er ab und zu auf dem Sofa saß und an sie dachte. Ein paar Wochen später trafen sie sich zufällig im Supermarkt und verabredeten sich. Das nächste Mal küssten sie sich vorm Kino, noch bevor sie reingehen konnten, um die Karten zu kaufen. Etwas zog sie zu ihm, dabei wusste sie gar nicht, wer er war. Statt ins Kino gingen sie zu ihr; sie hatte gerade ihre erste eigene Wohnung nach dem Studium bezogen und wollte ihm alles zeigen. Weiter als bis zum Schlafzimmer kamen sie nicht. Erst am nächsten Morgen kam Mads über den Flur bis in die Küche und ins Wohnzimmer.

Sie war nicht einsam zu dem Zeitpunkt, aber geliebt hat sie ihn damals auch noch nicht.

Matildas Augen wandern weiter, wie auf der Suche nach etwas, das sie von ihren Gedanken wegbringt. Zwei Kinder stürmen voller Vorfreude in Richtung des Brunnens, der leise gurgelnd die Platzmitte markiert. Die Dackel-Damen sind inzwischen fast aus ihrer Sichtweite verschwunden.

Sie betrachtet wieder das Paar, das gerade bezahlt und aufbricht.

Irgendeiner wird ihr letzter Kuss sein. Vielleicht morgen, vielleicht in einem Jahr. Vielleicht werden sie es wissen und es wird ein theatralischer Abschiedskuss sein, nachdem ihre Hände sich erst in letzter Sekunde voneinander lösen. Oder es wird ein belangloser Kuss sein, einer zum Abschied, an dem Tag, an dem einer der beiden von der Affäre des anderen erfährt. Vielleicht werden sie aber auch zusammen alt werden. Trotzdem. Irgendeiner der beiden wird in diesem Fall vor dem anderen sterben. Es gibt immer einen letzten Kuss.

Ist es besser, wenn man weiß, dass etwas das letzte Mal ist? Ist es besser, etwas bewusst zu genießen, aber dabei traurig zu sein? Oder ist es besser, leicht und unbeschwert etwas zu haben, von dem einem erst später klar werden wird, dass man es nie wieder bekommen wird?

Ist es gut gewesen, dass sie Mads um einen Abschiedskuss gebeten hat, als er die letzte Kiste geschlossen hat, und ist es richtig gewesen, dass er nicht Nein gesagt hat? Und hat er deswegen, als sie zwei Wochen später doch noch einmal miteinander geschlafen haben, sich geweigert, sie dabei noch einmal zu küssen?

Matilda hat eines von Ennis Büchern aus dem Regal mitgenommen, aber sie verspürt keine Lust, es aufzuschlagen. Es liegt einfach nur auf ihrem Schoß und von Zeit zu Zeit streicht sie über den Einband. Irgendwie beruhigt es sie. Wann Enni es wohl zum letzten Mal in der Hand gehalten hat?

Seit gestern Abend beschleicht sie immer wieder ein Gedanke und noch hält sie ihn für verrückt, schiebt ihn auf ihre Einsamkeit und Ratlosigkeit und die komische Situation, in der sie sich befindet. Aber je häufiger sie den Buchrücken streichelt und wieder daran denkt, desto mehr wird ihr klar, dass sie sich eigentlich längst entschieden hat.

Wenn sie schon hier ist, dann will sie mehr über Enni herausfinden.

Und sie will Hans Wells finden.

NEUN

Heute sieht der See aus wie das Meer. Kurz vor dem Horizont wird das Wasser dunkler, ein schmaler Streifen dunkelmetallenes Blau. Davor eine Schicht Eisblau, wie die Gletscher in den Arktis-Dokumentationen, die manchmal abends im Fernsehen laufen. Das Wasser ist aufgewühlt und die Sonne scheint nur hinten am Horizont auf die Wellen. Der Wind treibt die Wolken zur Eile an.

Er erinnert mich an den Herbst, in dem ich mich gefragt habe, welches Geräusch ein brechendes Herz macht. Vermutlich ist es leise wie das Geräusch der Herbstblätter, wenn der Wind sie über den Asphalt treibt.

MATILDA WACHT MITTEN in der Nacht auf von etwas, das sie geträumt hat, oder einem Gedanken, den sie gehabt hat. Als sie die Augen aufschlägt, ist sie sich schon nicht mehr sicher. Sie setzt sich auf, um dem Mondlicht näher zu sein. Tritt vor das Fenster. Irgendwann muss sie wieder zurück ins Bett gegangen sein, denn am nächsten Morgen findet sie sich zwischen zerwühlten Kissen schräg im Bett liegend vor.

Sie öffnet die beiden Fenster zur Gasse hin weit und verkriecht sich gegen die kühle Morgenluft noch einmal kurz zwischen den Laken. Sie mag, wie die Luft riecht, das Vogelgezwitscher, das Sonnenaufgangslicht. Der Geruch ist eine Mischung aus dem kühlen Seewasser und der Kühle der alten Steine in den Gassen. Irgendwann steigt sie die Treppe nach unten, öffnet auch in der Küche die Fenster und macht Frühstück. Sie stellt das Radio an, dann direkt wieder aus, als sie merkt, dass überall nur Werbung läuft, um es kurz darauf wieder an- und noch mal auszumachen.

Gestern Abend hat sie noch eine ganze Weile recherchiert, Telefonbücher, die sie in Ennis Wohnzimmerschrank gefunden hat, gewälzt, gegoogelt, im Haus gestöbert.

Kein Hans Wells. Sie hat sich das einfacher vorgestellt. Sie weiß nicht, was sie sich erhofft und was genau sie sucht. Aber endlich hat sie etwas zu tun, das die Diaschau und die Fragen vertreibt.

Irgendwann ist ihr eingefallen, dass er auch einfach schon tot sein könnte. Schließlich muss er in Ennis Alter sein. Aber dann hätte sie doch vielleicht wenigstens eine Todesanzeige ergoogeln können. Vielleicht muss sie auf dem Friedhof suchen. Aber was, wenn er in einer ganz anderen Stadt begraben ist? Sie weiß nicht so recht, wo und wie sie weitersuchen soll, hat keinen weiteren Anhaltspunkt, keine Information, wo sie überhaupt suchen soll. Sie müsste Freunde von Enni fragen, aber sie kennt keinen einzigen. Oder ihre Mutter, doch sie hat nicht die geringste Lust, sie anzurufen. Aber irgendetwas muss sie tun.

Die einzige Idee, die sie noch hat, ist der Anleger. Der, von dem der Nachbar gesprochen hat und an dem sie neulich abends gestanden ist. Zwischen »Neptun« und »Susi«. Oder wie die Boote hießen.

Matilda tritt aus der Haustür. Durch den schmalen Streifen blauen Himmel, gesäumt von schnell ziehenden Schäfchenwolken, den die Häuser in der engen Gasse freigeben, fliegt ein Flugzeug. Der kurze weiße Kondensstreifen sieht aus wie eine viel zu langsame Sternschnuppe.

Matilda schlägt den Weg Richtung Wasser ein und steuert auf den kleinen Bootsanleger zu. Die Uferpromenade ist fast leer. Es ist Montagmorgen und Matilda fällt ein, dass die Schule wohl schon wieder angefangen hat. Eine alte Dame füttert Enten, die sich schnatternd über das Brot hermachen. Ein paar hundert Meter weiter schwimmt eine Gruppe Schwäne im Wasser. Die

Boote schaukeln zwischen schmalen Stegen und blauen Tauen nebeneinander, manche glänzen wie frisch lackiert. Wieder andere sind stumpf und matt, als ob die lange Zeit auf dem See sie rau und müde gemacht hätte.

Sie sucht jedes einzelne Boot am Anleger mit den Augen ab, aber sie findet keines, dessen Namen auch nur mit »H« oder »W« anfängt. Irgendwann stößt sie auf »Walfisch«, inklusive einem Aufkleber mit einem grinsenden Wal auf dem Bootsrumpf. Enttäuscht schlendert sie zurück, die Promenade entlang und hält den Blick konzentriert aufs Wasser, um nicht zu weinen.

Schwäne sehen lächerlich aus, wenn sie tauchen. Es ist, als ob ihre Eleganz mit ihrem Kopf unter der Wasseroberfläche verschwindet. Sie rudern mit den großen, dunklen Füßen, um nicht vornüber zu kippen, oder was auch immer der Grund dafür sein mag, und sehen albern aus. Der See ist so klar, dass man unter Wasser sehen kann, wie sie mit den Schnäbeln in den seichten Stellen des Uferbereiches gründeln.

Und wenn sie dann ihren massigen Körper wieder zurückfallen lassen und ihren Hals in einem elegant geschwungen »S« drapieren, ist alles wie zuvor.

Sie verlässt die Schwäne und stolpert ziellos durch das Städtchen. Inzwischen kennt sie sich aus, das Kaufhaus, die Eisdiele und das Café, in denen sie schon gesessen hat, aber sie lässt sich treiben, folgt dem Seeufer und seinen mäandernden Nebenarmen, die Teile der Stadt umschließen. Manchmal versucht sie sich an Orten, an denen sie schon häufiger gewesen ist, vorzustellen, wie viele Versionen ihres Ichs über die Zeit hier schon entlanggelaufen sind und wann. Sie versucht, sie vor ihrem inneren Auge alle gleichzeitig zu sehen. Da ist zum Beispiel Ennis Haustür. Wie viele vier-, fünf- und sechsjährige Matildas sind über die Türschwelle gestolpert, gerannt, gesprungen, wie viele Matildas der letzten Woche haben an jedem Tag die Tür aufgeschlossen? Und wie sähe es aus, wenn sie alle gleichzeitig da wären?

Und dann ihre Wohnung, in die Mads ein- und wieder ausgezogen ist, wie viele Matildas der letzten Jahre könnten sich dort treffen, wenn man die Zeitschichten wie durchscheinendes Papier übereinanderlegen könnte? Und was würden sie zueinander sagen?

Matilda geht weiter. Hinter dem Altstadtkern gibt es einen kleinen Park mit einer weiteren Seepromenade. Daneben liegen ein paar kleinere Boote in einem ummauerten Anlegebereich, der von einer Bootstankstelle flankiert wird. An den Tischen eines Restaurants sitzen ein paar Leute, obwohl es fürs Mittagessen zu früh ist. Ab und zu werfen die Wolken Schatten auf die Umgebung. Dann ziehen die Gäste vor dem Restaurant ihre Jacken an. Matilda läuft die Stege entlang und fährt mit dem Finger über schmale Taue und lackierte Bootsränder. Sie weiß nicht, ob das verboten ist, aber es ist ihr egal. Plötzlich stockt sie. Auf dem Boot, dem ersten Boot, ganz nah an der Promenade steht »WELLS«. Nicht »Hans Wells« aber »WELLS«. Es ist ein kleines Boot aus dunklem Holz, auf das ein dunkelgrüner Streifen lackiert ist, in dem mit weißer Schrift die fünf Großbuchstaben stehen.

Matildas Herz schlägt schneller.

Ennis Nachbar hat recht gehabt. Er hat nur einen anderen Anleger gemeint. Oder das Boot hat seinen Platz gewechselt. Oder ... es ist egal. Sie zwingt sich, langsam und kontrolliert zu atmen. Nicht zu viel Freude, vielleicht hat das hier nichts mit ihrer Suche zu tun. Gibt es nicht auch einen Fisch, der Wells heißt? Ah, nein, der wird nur mit einem »l« geschrieben. Ein Wels. Wie auch immer.

Es gibt ein kleines Häuschen am Ende des Anlegers, dort wo auch die Bootstankstelle ist. Kurzentschlossen steuert Matilda darauf zu.

Der Mann hinter der zerkratzten Plexiglasscheibe, an der ein vergilbter Zettel mit Liegeplatzgebühren und Mieten für kleinere Boote hängt, hebt den Kopf von seinem Anglermagazin und sieht sie, ohne ein Wort zu sagen, an. Eigentlich kann sie nicht sehen, ob es wirklich ein Anglermagazin ist, aber es würde passen.

»Guten Morgen«, grüßt sie.

»Mhm«, macht der Mann.

»Können Sie mir sagen, wem das Boot dort vorne gehört?«

Sie deutet in die Richtung, aus der sie gekommen ist.

Der Mann legt seine Zeitschrift zur Seite und beugt seinen Oberkörper nach vorne, um ihrer Armbewegung mit dem Blick zu folgen. »Welches?«, fragt er.

»Das erste vorne mit dem grünen Streifen.«

»Mhm. Weiß ich nicht. Wieso wollen Sie das denn wissen?«, sagt der Mann und lehnt sich wieder zurück.

»Ich ...«, beginnt sie, aber der Mann unterbricht sie, während er sich am Kopf kratzt.

»Ich müsste in der Verwaltung anrufen und fragen, wer den Liegeplatz gemietet hat. Da vorne liegen die Privatboote. Aber ich weiß eigentlich gar nicht, ob ich Ihnen darüber Auskunft geben darf.«

»Ich interessiere mich für das Boot«, lügt sie schnell.

Der Mann mustert sie von oben bis unten.

»Es ist ein Zettel auf die Kabine geklebt, dass es verkauft werden soll, aber der Teil mit der Nummer zur Kontaktaufnahme ist abgerissen.«

Der Mann stößt die Plexiglasscheibe auf und lehnt sich aus dem Häuschen, wie um zu sehen, ob an dem Boot wirklich ein Zettel klebt. Matildas Herz beginnt schneller zu schlagen. Er trägt ein T-Shirt mit der Aufschrift »Ich schlafe nicht, ich spare Energie« und einem aufgedruckten Comic-Faultier.

»Na ja, kann schon sein, das Boot ist schon lange nicht mehr draußen gewesen, glaub ich«, sagt er.

Offensichtlich hat er keine Lust, das Häuschen zu verlassen und wirklich nachzusehen. Matildas Herzschlag beruhigt sich. Sie ist noch nie eine gute Lügnerin gewesen. Dann nimmt er das Telefon in die Hand, nicht ohne sie vorher noch einmal ausgiebig zu mustern, und händigt ihr nach einem kurzen Telefonat einen gelben Zettel mit einer Handynummer aus.

Matilda wählt, bevor sie es sich anders überlegt. Nach dem vierten Klingeln geht jemand ran.

»Wells.«

»Guten Tag, hier ist Matilda Laub, spreche ich mit Hans Wells?«

Die Stimme am anderen Ende klingt uninteressiert, aber nicht unfreundlich.

»Nein, Hans ist mein Vater. Kann ich Ihnen vielleicht weiterhelfen?«

Matilda überlegt, ob sie erneut eine Lüge zu dem Boot erfinden soll, aber offensichtlich gehört das ohnehin dem Sohn.

»Um ehrlich zu sein, vermutlich nicht«, sagt sie. »Aber könnten Sie mir sagen, wo und wie ich

Ihren Vater erreichen kann? Dann kann ich mit ihm persönlich sprechen.«

Der Mann am anderen Ende der Leitung fragt nicht, worum es geht. Matilda ist zu erleichtert, um sich darüber zu wundern.

»Er hat kein Handy, er ist schon siebenundachtzig. Auch ans Festnetz geht er ungern, aber sie können es probieren. Oder ich gebe Ihnen seine Adresse, falls Sie ihn schriftlich kontaktieren wollen.«

Matilda notiert sich alles auf dem kleinen gelben Zettel und bedankt sich.

Herr Wells hat schon aufgelegt.

ZEHN

Die Sonne steht direkt über dem See um diese Uhrzeit und das Wasser spiegelt so viel von ihrem Licht, dass es aussieht, als würde es selbst leuchten. Alles ist weiß, gelbweiß hell und man muss die Augen zusammenkneifen, um gegen so viel Licht anzukommen.

ALS MATILDA AN diesem Morgen aufwacht, zeigt das Handy 05:30 Uhr. Sie wälzt sich auf die andere Seite, will die Augen schließen, aber sie ist wach. Deshalb schlägt sie die Decke zurück und tritt ans Fenster. Sie dreht den Kopf so, dass sie den schmalen Streifen Himmel über der Gasse sehen kann. Er ist schon nicht mehr schwarz, sondern leicht angeblaut. Leise verlässt sie das Zimmer, zieht sich einen Pullover über und geht an den See.

Sie hat Lust, ganz allein am Wasser zu sein, wenn die Luft noch kühl ist, wenn keine Touristen die Uferpromenade entlangflanieren und noch kein Schiff am Horizont zu sehen ist.

Am Ufer ist eine berückende Stimmung. Sie ist zwar nicht so allein, wie sie es sich gewünscht hat, aber die zwei Angler mit den grünen Schirmmützen schweigen ohnehin. Matilda setzt sich auf eine Bank, die feucht vom Tau ist, und beobachtet das Dämmerlicht und den Moment, in dem die Straßenlaternen ausgehen. Der See ist glatt und unberührt, weil noch kein einziges Schiff fährt und nicht einmal die Vögel die Oberfläche zerkräuseln; so hat sie ihn noch nie gesehen. Sie sitzt da und nimmt wahr, wie alles aufwacht. Das Vogelgezwitscher nimmt zu, es wird immer heller und die Sonne sieht durch den Dunst am Horizont wirklich aus wie ein riesiger Feuerball, der sich hinter den Bergen erhebt. Und als sie sich von der letzten Gipfelspitze ablöst, ist der Tag da und es ist wirklich wie ein Wunder, ein Zauber, dass das einfach so jedes Mal wieder aufs Neue passiert.

Das Wasser schimmert. Matilda wirft einen verstohlenen Blick zu den beiden Anglern hinüber, aber die haben nur Augen für die Schwimmer am Ende ihrer Angelruten. Kurz entschlossen zieht sie sich den Pullover über den Kopf, streift Hose und Schuhe ab und watet in Unterwäsche ins Wasser. Die vormals glatte Oberfläche trägt ihre Bewegung weiter, als wolle der See auch dem Ufer auf der anderen Seite von ihrem Vorhaben erzählen. Matilda schämt sich beinah, die perfekte Ruhe zerstört zu haben; dann macht sie einen flachen Köpfer und schwimmt weit raus, immer auf den Pfahl zu, der die Fahrwasserrinne markiert. Das Wasser ist aus Licht und neben ihr schwimmt Mads, wie bei ihrem Sonnenaufgangsschwimmen im letzten Urlaub. Sie sprechen nicht, aber er ist schräg hinter ihr. Als sie den Pfahl erreicht und sich umdreht, ist das Wasser noch immer aus Licht, aber Mads ist nicht da.

Auf dem Weg zurück zum Haus hinterlässt Matilda eine nasse Spur auf den Pflastersteinen. Unter der Dusche überlegt sie kurz, ob sie sich doch noch einmal unter die Decke legen soll, aber der Tag ist schon zu sehr Tag, um wieder ins Bett zu gehen.

Auf dem Küchentisch liegt die Nummer von Hans Wells, genau da, wo sie sie gestern Abend hingelegt hat. Ab und zu muss sie nachsehen, ob sie noch da ist, oder ob alles nur ein Traum war.

Gestern hat sie den ganzen Tag den Zettel

mit den Kontaktdaten durch die Stadt getragen, unschlüssig, wie es weitergehen soll. Sie hat überlegt, an einer der Touristen-Informationswände auf einem Stadtplan die Straße zu suchen, in der Hans Wells wohnt. Aber stattdessen hat sie den Zettel in der Hosentasche gelassen, obwohl sie das Gefühl nicht loswurde, er brenne ihr ein Loch dort hinein, das alle Menschen sehen können. Morgen, dachte sie. Morgen mache ich es.

Jetzt, wo sie sich dagegen entschieden hat, noch mal ins Bett zu gehen, frühstückt sie und schleicht um den Zettel herum – wie eine Katze, die unschlüssig ist, ob sie sich über ihr neues Spielzeug freuen oder Angst davor haben soll.

Die Zeit vergeht. Zu langsam. Zu schnell. Matilda tippt die Nummer in ihr Handy und drückt auf das grüne Hörersymbol. Sie benimmt sich wie eine dieser Figuren aus den amerikanischen

Filmen, die sich nicht trauen, bei der Frau oder dem Mann ihrer Träume anzurufen, die vorher in unzähligen Szenen in Zeitlupe eingeblendet worden sind. Und die dann nach dem ersten Klingeln auflegen. Früher durfte sie immer an den Abenden, an denen Juli von ihrem Vater zum Karatetraining gefahren worden war, mit ihrer Mutter solche Filme schauen. Wie hat sie sie genossen, diese Stunden, die nur ihr gehörten. Sie durfte den Film aussuchen, manche haben sie bestimmt zwanzig Mal gesehen. Sie sprach abwechselnd mit ihrer Mutter die Szenen mit und manchmal riefen sie an besagten Stellen laut »nicht auflegen!«.

Je älter sie geworden ist, desto mehr störte es sie, dass all die Missverständnisse und Entwicklungen, auf denen der Film aufgebaut war, hätten verhindert werden können, wenn die Hauptfiguren einfach einmal über alles miteinander gesprochen hätten.

»Wenn wir den Film einfach noch einmal schauen«, schlug sie manchmal vor, »vielleicht haben Sie es dann verstanden und legen dieses Mal nicht auf?«

Dafür kitzelte ihre Mutter sie meist, bis Juli und Papa zurückkamen.

Matilda widersteht dem Impuls direkt aufzulegen und wartet mit angehaltenem Atem das Freizeichen ab. Es ist besetzt. Enttäuscht legt sie auf.

Sie versucht es noch ein paar Mal an diesem Tag, aber nie nimmt jemand ab. Als es Abend wird und ihr letzter Versuch scheitert, beschließt sie, morgen einfach persönlich bei Hans Wells vorbeizugehen. Sie wird ganz altmodisch zu einer der ausgehängten Touristenkarten laufen und mit dem Finger das abgegriffene Plastik entlangfahren, bis sie die Straße findet. Oder sie wird ihr Handy bemühen.

In diesem Moment wird in den Diaprojektor in ihrem Kopf ein neues Bild eingelegt.

Ritsch-Klick.

Sie und Mads im Auto, auf der Fahrt in das Ferienhaus in Frankreich Anfang des Frühlings. Sie freut sich, Mads hat nach langem Hin und Her doch eingewilligt mitzufahren, obwohl er auch mit Urlaub zu Hause zufrieden gewesen wäre und sich weder für den genauen Zielort noch die Art des Ferienhauses interessiert hat. Es ist Nacht, der Nebel hängt so dicht, dass man nur zehn Meter weit sehen kann. Sie sind schon den ganzen Tag gefahren und die Freude über die große Fahrt hat mit jedem Autobahnkilometer abgenommen. Jetzt wünschen sich beide nichts mehr, als dass die schmalen französischen Landstraßen den Blick aufs Meer freigeben und sie endlich ankommen. Mads sitzt auf dem Beifahrersitz und schaut auf sein Handy, das sein Gesicht von unten in bläuliches Licht taucht, wie in einem Horrorfilm.

»In fünfzig Metern kommt eine Kreuzung, da müssen wir abbiegen.«

»Okay, ich kann zwar nichts sehen, aber ich probier's.«

»Soll ich dich ablösen?«

»Wir können doch nicht mitten auf der Straße anhalten. Jeder der in dem Nebel hinter uns fährt, wird uns zu spät sehen.«

»Ich meinte ja auch nicht jetzt sofort ... Hier müsste bald die Kreuzung sein, fahr vorsichtig. Oh, Moment, jetzt ist die Navigation weg, weil eine neue Mail eingeblendet wurde. Aber bieg mal rechts ab.«

»Was für eine Mail?«

»Mein Chef. Sie ... ach, das hab ich noch gar nicht erzählt. Sie wollen mich in der Niederlassung in Toronto.«

Obwohl Mads sich um einen beiläufigen Tonfall bemüht, klingeln die Worte in ihren Ohren.

Jetzt bremst sie doch mitten auf der Straße und noch heute ist sie froh, dass weit und breit kein anderes Auto in der Nähe war.

»Toronto wie Toronto in Kanada?«

Warum nur arbeitet er auch bei diesem riesigen Pharmakonzern mit Niederlassungen in aller Welt? Ihr kleiner Kulturförderverein hat exakt eine Zweigstelle, da weiß man wenigstens woran man ist.

»Wie viele Torontos kennst du noch?«

»Keins, deswegen ja.«

Mads ist jetzt leiser geworden.

»Es ist eine super Stelle.«

»Für wie lange?«

Den nächsten Satz spricht er nicht zu ihr, sondern zum Fenster und sie fragt sich manchmal, ob sie da schon darauf gewartet hat, dass er sie wenigstens fragt, ob sie mitkommen möchte. Sie würde Nein sagen, aber sie will, dass er sie fragt.

»Sie ist unbefristet.«

Sie weiß, dass sie Nein gesagt hätte, aber sie wartet noch immer, dass er sie danach fragt. Aber dafür ist es zu spät.

ELF

Der Himmel ist verhangen heute, aber die Wolken reichen nicht ganz bis zum See. Sie sind ein wenig zu hoch.

Am Horizont leuchtet ein orangener Streifen, von dem Orange, das ab und zu in einem Lagerfeuer aufblitzt, warm, aber dezent. Davor zeichnen sich die Berge ab, auf deren Spitzen ganz vereinzelt noch Schnee liegt. All das spiegelt sich auf der Oberfläche des Sees und taucht ihn in ein Blaugrauorange, von dem man nicht glaubt, dass es wirklich existiert.

IN DER NACHT hat es geregnet und die Steine am Ufer sind noch nass. Der See ist weit hier draußen und erstreckt sich bis zum Horizont. Die Luft ist reingewaschen vom Regen und zeichnet das andere Ufer in aller Schärfe. Matilda sucht einen besonders flachen Stein und lässt ihn übers Wasser springen. Nach dem zweiten Mal geht er unter. Jakob hat ihr das mal gezeigt, sie muss ihn mehr andrehen, damit er richtig vom Wasser abspringen kann. Sie versucht es erneut. Der Stein geht sofort unter. Am Horizont hängen einzelne, weiße Wolkenflocken tief zwischen den Bergen, der Wind zerrt an ihnen. Ab und zu sieht die Sonne hervor und wärmt die Pfützen zu ihren Füßen.

Sie sucht nach ein bisschen Mut in ihrem Bauch und macht sich auf den Weg zu der Adresse, die ihr der junge Herr Wells am Telefon genannt hat. Ihr Herz klopft. Sie verläuft sich einmal in einer

kleinen Gasse, die nassen Kopfsteinpflaster-
wege sehen sich alle ähnlich. Sie hat keinen Blick
für die Fachwerkbalken, die die Häuser zieren.
Von den tiefen Fenstersimsen und alten Giebeln
fällt manchmal noch ein dicker Tropfen herun-
ter und einer trifft sie so unverhofft im Nacken,
dass sie zusammenzuckt. Immer wieder überlegt sie, einfach zurück zum Ufer zu gehen, weiter zu spazieren, als wäre nichts gewesen und
Herrn Wells vielleicht einfach nur einen Brief zu
schreiben. Aber dann entscheidet sie sich doch
immer wieder dagegen. Wahrscheinlich ist es
gar nichts, wahrscheinlich ist es Zufall, dass das
Bild im Nachttisch gelandet ist, vielleicht hat
ihre Mutter es dorthin gelegt. Sie hätte zuerst
ihre Mutter fragen sollen.

Matilda weicht einer Fahrradfahrerin aus und
steht vor dem Haus. Es ist beige und breit, hat
wohl neue Fenster eingesetzt bekommen und
eine von Spinnweben verdreckte, viereckige,
hässliche Lampe an der Wand über der Tür. In
der Gasse ist es ruhig, irgendwo tropft etwas mit

mechanischer Gleichmäßigkeit auf etwas Metallenes. Matilda blickt zur Regenrinne. Auf dem mittleren Klingelknopf klebt ein dunkelblauer Aufkleber, der mit einem dieser altmodischen Etikettiergeräte beschriftet worden ist, die die Buchstaben in den Plastikstreifen prägen. Am »L« hat die Maschine einen Fehler. Trotzdem ist »WELLS« gut zu lesen und Matilda drückt die Klingel, bevor sie es sich anders überlegt.

Es dauert eine Weile, bis ein Knacken in der Gegensprechanlage zu hören ist.

»Hallo?«

»Hallo, ähm, Herr Wells? Darf ich ... darf ich kurz reinkommen?«

»Wer sind Sie?«

»Ich bin Ennis Enkeltochter.«

»Wer?«

»Die Enkeltochter von ... Helene Graf.«

Das Schweigen auf der anderen Seite der Gegensprechanlage scheint sich unendlich in die Länge zu ziehen.

»Kommen Sie hoch«, sagt er dann knapp und

der Türsummer geht. Matilda stößt die Tür auf. Dahinter liegt ein schmaler Flur, an dessen linker Seite eine ausgetretene, dunkle Holztreppe nach oben führt. Es riecht nach alter Feuchtigkeit.

Herr Wells ist ein alter Mann und das Erste, das Matilda denkt, als sie ihn in der Tür stehen sieht, ist, dass sein Gesicht wenig mit dem auf dem Foto gemein hat. Seine Tränensäcke sind lila und hängen dunkel unter den kleinen Augen. Er lächelt nicht, sondern betrachtet sie interessiert. Eine Hand hat er an den Türrahmen gestützt. Als Matilda vor ihm steht, nimmt er die Hand zur Seite, um sie hereinzulassen.

Sie steht unschlüssig im Flur. Herr Wells führt sie ins Wohnzimmer und bedeutet ihr, sich zu setzen. Die Wände sind voller Regale, auf dem niedrigen Tisch am Sofa steht noch eine leere Teekanne. Großformatige, gerahmte

Landschaftsaufnahmen von Bergpanoramen säumen die Tür. Die dunkelgrünen Vorhänge passen dazu. Der Tisch hat Abdrücke im Teppich hinterlassen, er muss vor Kurzem ein wenig verrückt worden sein. Matilda sitzt unschlüssig auf dem Sofa und weiß nicht, wie sie beginnen soll. Ihre Augen wandern über die Bücherregale und zum Fenster. Man kann nicht weit schauen, ziemlich dicht hinter dem Fenster kommt direkt eine weitere Hauswand. An dieser Stelle der Stadt stehen die Häuser eng beieinander.

»Hat Helene etwa immer noch mein Foto im Nachttisch?«, sagt er.

Seine Stimme klingt tonlos, fast, als ob es gar keine Frage gewesen sei.

Matilda stutzt.

»Woher wissen Sie ...?«

Herr Wells räuspert sich, sagt dann aber doch nichts. Nach einer Weile steht er auf und greift nach der gläsernen Kanne auf dem Tisch.

»Tee?«, fragt er.

Matilda nickt, obwohl sie nicht sicher ist, ob sie Tee will. Sie hört Herrn Wells in der Küche rumoren. Ansonsten ist es sonderbar still in der Wohnung. Die Fenster sind geschlossen, kein Laut dringt von unten herauf. Es läuft kein Radio, kein Fernseher. Matilda fällt auf, dass ihre Schuhsohlen nass sind und vermutlich Flecken auf dem Teppich hinterlassen werden, aber es ist zu spät, etwas daran zu ändern. Neben ihr auf dem Sofa liegt eine aufgeschlagene Lokalzeitung, die über den Hitzesommer berichtet. Es riecht fremd.

Herr Wells kommt zurück. Er geht langsam, aber seine Schritte sind noch fest.

Matilda hat das Gefühl, dass sie etwas sagen muss. Irgendetwas, warum sie hier ist. Aber anscheinend weiß er das ja bereits. Also wartet sie, bis Herr Wells das Schweigen bricht, und nippt an ihrem Tee.

»Sie sind also Helenes Enkeltochter. Welche denn?«

»Die Jüngere«, antwortet Matilda.

»Ich … Wir … haben das Haus geerbt. Mein Name ist Matilda. Und ich bin …«

»Die letzte junge Dame, die unverhofft bei mir aufgekreuzt ist, war Ihre Mutter. Aber das ist …«, er überlegt, »… bestimmt zwanzig Jahre her.«

Matilda ist zu verblüfft, um darauf etwas zu antworten.

»Ich glaube, es war nach dem Tod deines Opas.«

Unvermittelt ist er ins Du gefallen, aber er scheint es nicht zu bemerken.

»Was hat sie gewollt?«, Matilda flüstert fast.

»Sie war … wütend. Und eigentlich wollte sie von mir nur hören, ob die Geschichte ihrer Mutter stimmte.«

Matilda versteht rein gar nichts.

»Was wollen Sie von mir?«

Die Frage klingt nicht unfreundlich, Herr Wells hat nicht das »wollen«, sondern das »Sie« betont.

Matilda richtet ihren Oberkörper auf. Sie versucht, ihre Stimme fest klingen zu lassen:

»Ich will wissen …«

Sie will sagen, dass sie wissen will, wer er ist, aber das stimmt eigentlich nicht.

»Ich will wissen, woher Sie Enni … woher Sie meine Oma kennen. Warum Ihr Foto bei ihr im Nachttisch liegt. Und wie sie so war, am Schluss, meine ich.«

Beim zweiten Satz beginnt er zu lächeln.

»Es liegt also tatsächlich noch da.«

Matilda nickt.

»Wollen wir spazieren gehen?«

Auf die Frage ist sie nicht vorbereitet, hastig versucht sie die Verwunderung in ihrem Blick zu verbergen.

»Ich bin nicht mehr der Schnellste, aber ich glaube, dann kann ich es Ihnen besser erklären.«

Sie gehen schweigend zum Hafen. Herr Wells sagt kein Wort, stützt sich auf seinen Stock und Matilda beschließt abzuwarten, was geschehen wird.

»Ich weiß nicht, wie sie war, am Schluss«, sagt er, als sie bei einer Bank neben der Hafenmauer stehen. Vorsichtig lehnt Herr Wells den Stock an die Kante der Bank.

»Wir hatten keinen Kontakt mehr. Schon lange nicht mehr.«

Er setzt sich auf die Bank. Die Sonne hat sie inzwischen getrocknet. Matilda tut es ihm nach.

»Deine Mutter hat es mir nicht geglaubt und ihr vermutlich auch nicht, aber so war es. Wenn du wissen willst, wer deine Oma war, musst du jemand anders fragen. Dass ich sie kannte, ist lange her. Ich habe sie dann nur noch manchmal zufällig in der Stadt gesehen. Einmal auch mit euch. Du und deine Schwester, ihr wart noch ganz klein. Von ihrem Tod habe ich aus der Zeitungsanzeige erfahren.«

Ein paar Möwen streiten sich.

»Aber die anderen Fragen, die kann ich dir beantworten. Woher ich sie kannte. Und warum dieses Foto da liegt. Ich glaube zumindest, es zu wissen.«

Inzwischen ist es trüb, der Wind bewegt die Wolken schnell und Matilda sehnt sich danach, die Berge am Horizont zu sehen, sehnt sich nach den klar gezackten Linien, die die Grenze zwischen Himmel und Erde bilden. Aber ein Schiff versperrt ihr die Sicht.

»Ich habe deine Großmutter vor über sechzig Jahren kennengelernt. Hier.«

Er deutet auf die Hafenmauer.

»Es war Herbst und sie hat einfach nur gelächelt.«

Das Schiff legt ab. Es stößt einen sehr lauten Signalton aus, ehe es durch die Hafeneinfahrt auf den See gleitet. Ein paar Möwen folgen ihm. Herr Wells wartet, bis die Schiffshupe verstummt ist, bevor er weiterspricht.

»Wir waren sehr verliebt. Sie war von jener vorsichtigen Schönheit, die man erst auf den zweiten Blick erkennt. Sie war sehr klug. Sie hat mir einen ganzen Winter lang jedes Wochenende ein neues Buch empfohlen.«

Matilda kann sich gerade noch beherrschen,

nicht mit dem erstbesten Satz als Antwort herauszuplatzen, und schweigt.

»Aber sie hat sich für euch entschieden. Also quasi auch für dich. Obwohl es dich damals noch gar nicht gab; deine Mutter war gerade ein oder zwei Jahre alt.«

Matilda wartet auf seinen nächsten Satz, aber er schweigt. Er ist wieder ins Du gefallen und irgendwie hat sie erwartet, dass er die Geschichte jetzt etwas ausführlicher erzählt als nur mit diesen wenigen Sätzen. Aber sie will auch nicht einfach nachbohren. Es erscheint ihr unhöflich.

»Sie hat oft gesagt, dass sie sich gewünscht hätte, mich früher zu treffen. Aber dass sie ihre Tochter über alles liebe und dass Liebe auch Entscheidung ist. Und sie hatte sich eben schon zuvor für jemand anderen entschieden. Und das konnte und wollte sie nicht rückgängig machen. Als wir aufgehört haben, uns zu treffen, hat sie das Foto mitgenommen. Es war eines der wenigen Porträtfotos, die ich selbst von mir besaß.

Ich hatte es eigentlich für meinen Reisepass anfertigen lassen und ordentlich beschriftet. Sie wollte es unbedingt haben. Als Erinnerung für was hätte sein können. Und für die Teile von ihr, die nur bei mir zum Vorschein kamen. So hat sie gesagt. Oder so ähnlich.«

Seine Stimme klingt nicht traurig, nicht so, wie Matilda es erwartet hätte.

Herr Wells überprüft, ob der Stock noch sicher an der Bank lehnt, bevor er weiterspricht.

»Dass sie es in ihrem Nachttisch liegen hatte, habe ich erst erfahren, als deine Mutter vor mir stand. Dass ich ihren Vater hintergangen hätte, hat sie mir vorgeworfen, dass ich ihre Familie zerstört habe, dass sie ihrer Mutter nie wieder vertrauen kann.« Er seufzt.

»Ich habe immer wieder mal versucht, noch mit Helene zu reden, besonders nach dem Tod deines Opas. Aber sie wollte nicht. Sie hat gesagt, dass deine Mutter sonst tatsächlich nie wieder mit ihr sprechen würde, wenn wir beide wieder Kontakt hätten.«

Matilda schluckt. »Sie haben auch so nicht mehr miteinander gesprochen«, murmelt sie.

»Aber ich glaube, sie hat immer noch darauf gehofft. Sie wollte sich die Chance nicht verbauen. Es muss furchtbar sein, wenn das eigene Kind nicht mehr mit einem spricht. Irgendwie konnte ich sie auch verstehen.«

Herr Wells scheint mit seiner Geschichte am Ende angelangt zu sein. Dabei kommt es Matilda erst vor wie der Anfang.

»Und Sie haben sich wirklich geliebt?«, fragt sie.

Herr Wells zuckt mit den Schultern.

»Was ist denn Liebe? Ist es, mit dem anderen zusammen sein zu wollen, um jeden Preis? Dann hat sie mich nicht geliebt. Dann hat sie ihre Familie geliebt.«

Jetzt klingt es traurig.

»Oder ist es etwas anderes? Was ist der Unterschied zum Verliebtsein? Gibt es einen?«

Es sind Fragen, aber keine auf die er eine Antwort zu erwarten scheint.

Das Schiff ist sehr klein geworden inzwischen und sie kann nicht mehr erkennen, ob die Möwen ihm noch immer folgen. Die Berge schweigen.

Matilda muss an gestern Nacht denken und wie der Wind den Regen durch die Gasse vor Ennis Haus getrieben hat. Sie fühlte sich gar nicht einsam, als sie ins Bett ging. Zum ersten Mal seit Langem nicht. Das Gefühl hat nur kurz angehalten, aber immerhin.

»Ich muss gehen«, sagt Herr Wells in das Schweigen und steht auf.

»Wenn Sie noch ein bisschen länger in der Stadt sind, kommen Sie mich doch gerne noch einmal besuchen.«

Es klingt, als sei er sich selbst nicht sicher, ob er das Angebot wirklich ernst meint, als ob sich beim letzten Wort doch noch ein Fragezeichen eingeschlichen hat.

Matilda bedankt sich.

Sie bleibt auf der Bank sitzen, starrt auf die Stelle, an der das Boot eben gelegen hat und denkt daran, wie dieser Ort wohl vor sechzig Jahren ausgesehen hat.

Sie dreht sich um. Herr Wells geht langsam, aber es sieht nicht aus, als ob er den Stock wirklich bräuchte. Vielleicht nimmt er ihn nur mit, um damit würdevoller auszusehen. Wie in einem alten Film.

Zwei Möwen jagen einer Krähe hinterher. Matilda denkt an das Foto von Mads in ihrem Geldbeutel. Sie muss es rausnehmen, bald. Nicht, dass es dereinst Enkelkinder von ihr finden und sich fragen, wer das ist.

Was ist passiert seit diesen Küssen aus magnetischer Anziehungskraft bis zu der Nacht im Nebel, in der er der Scheibe des Autos erklärte, dass er nach Kanada ziehen würde? In letzter Zeit beschleicht sie immer häufiger das Gefühl, dass die magnetische Kraft gar nicht schwächer geworden war, sondern nur das Magnetfeld durcheinandergeraten ist. Solange sie zufällig in der gleichen Stadt lebten, konnten sie ab und an aufeinanderprallen und sich ihrer Anziehung hingeben, auch ein Alltag ließ sich da herum organisieren. Sex vor dem Frühstück, jeder ging zur Arbeit, Matilda traf sich abends mit Freundinnen, Mads ging zum Handball oder spielte mit seinen Freunden eines dieser Online-Games. Vor dem Einschlafen erzählten sie sich vom Tag. Sagten »Ich liebe dich«. Meinten es so.

Aber sobald einer von ihnen woanders sein musste oder wollte, geriet alles durcheinander und für solche Entfernungen reichte die Anziehungskraft nicht aus. Und das war's. Beide weinten, beide grübelten. Und dann verabschiedeten sie sich voneinander, endgültig. Bei ihrem letzten Treffen sah er sie an, wie man sich eine Landschaft am letzten Ferientag ansieht.

Da war der Abschiedskuss schon eine Weile her und es gab keinen weiteren. Keiner von ihnen weinte.

Wie Enni und Hans sich wohl angesehen haben? Und wann sie sich zum letzten Mal geküsst haben?

Matilda geht zurück zum Haus. Sie weicht den Pfützen nicht aus.

ZWÖLF

Der See ist schwarz. Es ist Nacht. Ich kann nicht schlafen. Aber es ist eine dieser Nächte, in denen Schwarz eine gute Farbe ist. Nachts teilt man den See nur mit den Graureihern, die an Uferstellen sitzen, die tagsüber von schnatternden Touristen besetzt sind. Der See liegt leise und träge unter der Brücke zu meinen Füßen und zieht die Lichter der Stadt in die Länge. Es ist still bis auf die Geräusche, die es immer in Nächten gibt. Ein Martinshorn in der Ferne. Das Seufzen des Sees. Ein schweigender Brunnen. Die Lichter der Stadt malen Antworten auf den See, für die es keine Fragen gibt. Ich würde mich nicht wundern, wenn die steinernen Figuren an den alten Häusern das Schwarz nutzen, um einen Spaziergang entlang der Alleen zu unternehmen.

MATILDA SCHLÄFT SCHLECHT. Lange wird sie nicht müde, irgendwann öffnet sie die Weinflasche aus der Küche und sieht sich im Fernsehen die Wiederholung einer Talkshow an. Sie versucht, nicht an Mads zu denken und sich nicht zu fragen, ob er schon in Kanada angekommen ist. Er hat versprochen, sich dann noch mal zu melden. Auch wenn sie nicht weiß, was sie sich davon erhofft. Sie versucht erfolglos, das neueste Bild aus dem Diaprojektor zu vertreiben.

Ritsch-Klick.

Mads am Morgen nach ihrer ersten gemeinsamen Nacht in ihrer Küche, eine Tasse Tee in der Hand, gegen die Arbeitsplatte gelehnt, das Haar zerzaust, das Grinsen schief, das Sonnenlicht malt Flecken auf den Boden, die aussehen wie verschütteter Orangensaft. Er zieht sie damit auf, dass sie keinen Kaffee da hat.

»Lohnt es sich denn, welchen anzuschaffen?«

Er sieht sie herausfordernd an, nimmt einen Schluck von dem Tee und verzieht theatralisch das Gesicht dabei.

»So gut kann kein Sex sein, dass ich dafür in Kauf nehme, so etwas zu trinken.«

Dafür jagt sie ihn durch die Wohnung. Und kauft noch am gleichen Tag Kaffeepulver und -filter. Sie weiß nicht, wohin das alles führen wird. Ob sie ab jetzt regelmäßig Kaffee kaufen wird. Aber eine Zeit lang reicht es ihr, bei jedem Einkauf neu zu entscheiden, ob sie wieder Kaffee kauft. Wachsende Liebe von Einkauf zu Einkauf. Und Mads hat ohnehin die Gabe, über die Zukunft sprechen zu können, als habe sie nichts mit ihm zu tun, als lebe er in einer Gegenwart, die unendlich ist.

Ritsch-Klick.

Eines Tages liegt ein Einkaufszettel auf der Küchenablage, als sie abends nach Hause kommt. »Kaffeevorrat!« steht darauf. Und ein Stück darunter: »Ich bin ja eh immer hier und würde einfach demnächst einziehen, wenn du nichts dagegen hast? Und wenn es Kaffee gibt. Ruf mich an, Mads.«

Matilda ruft nicht an, sondern geht einkaufen.

Erst als sie aus dem Supermarkt herauskommt, wählt sie seine Nummer: »Super-Familien-Vorratspackung. Ich dachte zwar immer es ist nicht gut, so große Packungen zu kaufen, weil dann der Kaffee irgendwann an Aroma verliert, aber du kannst auf jeden Fall einziehen. Der reicht für mehrere Jahre.«

Mads lacht.

Matilda seufzt und versucht, eine andere bequeme Position auf Ennis Sofa zu finden. Zwischen die Dias schieben sich andere Gedanken.

Hans und Enni haben sich geliebt. Oder zumindest hat Hans Enni geliebt. Aber Enni ist bei Matildas Opa geblieben. Und ihre Mutter ist offensichtlich verärgert über die Sache vor zwanzig Jahren bei Hans aufgetaucht. Das ist eigentlich das Erstaunlichste an der Sache. Dass ihre Mutter bei all dem vorkommt. Ob sie sie danach fragen kann?

Matilda schenkt sich Wein nach und versucht weiter, über all das nicht nachzudenken. Wie immer, wenn man sich besonders Mühe gibt, an etwas nicht zu denken, denkt sie an nichts anderes.

Als sie um die Mittagszeit aufwacht, überlegt sie, wie lange sie eigentlich noch bleiben will. Der Kühlschrank ist schon wieder leer und sie geht noch einmal einkaufen. Sie kauft eine neue Flasche Wein, stellt sie aber ungeöffnet in den Keller. Sie liest ein wenig. Dann fällt ihr die Decke auf den Kopf und sie geht zum See, der in Blau ertrinkt.

Vielleicht sollte sie bald heimfahren. Zurück in ihr richtiges Leben. Das Leck stopfen und einfach weitermachen. Schließlich mag sie den Ort, an dem sie lebt und meistens sogar ihren Job. Zwar ist sie in diesem Alter, in dem man sich schon mal verloren fühlt, weil man alle Möglichkeiten zu haben scheint und doch nur wenig davon wahr wird; weil man so gerne noch mal Kind wäre, aber es einfach nicht schafft, dieses Gefühl wieder zu erzeugen; weil die Welt bedrohlicher wird, wenn man sie besser versteht; weil alle so viel von einem erwarten und man selbst am meisten. Aber das wächst sich wieder raus, sagt Timo immer. Es wird sich schon alles finden. Zu ihrem letzten Geburtstag hat er ihr eine Lupe und einen Kompass geschenkt. »Macht's vielleicht leichter«, stand auf der Karte. »Wenn nicht: Die alte WG-Gang ist für dich da.«

Das Wasser steht nah am Uferweg. Die schmalen Wellen nehmen ein paar der Kieselsteine am Ufer mit, wenn sie ankommen, und wirbeln sie herum. Das Geräusch klingt weicher, als man es von Steinen erwarten würde.

Sie überlegt, ob sie Herrn Wells' Angebot, ihn noch einmal zu besuchen, annehmen soll, aber sie weiß immer noch nicht, ob er es ernst gemeint hat. Sie hat noch so viele Fragen.

Ihr Handy klingelt.

»Juli!«

»Hallo Matilda, na? Wo bist du?«

»Ich stehe am See.«

»Schön.«

»Die Steine klingen ganz weich.«

»Was?«

»Die Steine ... ach, vergiss es. Wie geht's euch?«

»Ach, gut. Es ist beschissenes Wetter in Hamburg, aber Felix liebt seine neue Regenhose. Wenn er die anhat, schimpft niemand, wenn er mitten durch die Pfützen rennt, das hat er schnell verstanden.«

Matilda lacht. Sie muss daran denken, wie sie früher mit Juli mit ihren Rädern durch Pfützen gefahren ist. Anlauf nehmen und dann die Füße nach oben strecken, damit sie nicht nass werden. Das Mamanervenzusammenbruchersparendedurchpfützenfahren haben sie es genannt.

»Hör mal, Liebes, hat Mama dich schon angerufen?«

»Wir haben, als ich angekommen bin, miteinander telefoniert, das war ... ich weiß gar nicht mehr so genau, irgendwann abends. Letzte Woche? Papa kam spät zurück, von ... ach ich weiß nicht mehr von was.«

»Nein, ich meine seit gestern.«

»Nein, gestern war ich ...«

»Okay«, unterbricht Juli sie, »weil, sie war so komisch gestern.«

»Wer?«

»Na, Mama.«

»Komisch? Wieso?«

»Ich hab' erzählt, dass du dieses Foto im Nachttisch gefunden hast. Ab da war sie kurz angebunden. Dabei war es mehr so ein Nebensatz. Eine ... Anekdote.«

Matilda schließt die Augen und atmet ein.

»Na ja, jedenfalls meinte sie irgendwas davon, dass sie mit dir sprechen wolle. Aber wenn sie noch nicht angerufen hat ...«

»Nein. Hat sie nicht.«

»Wie auch immer«, Juli bemüht sich merklich, nicht weiter über das Thema nachzudenken. Von Hamburg aus muss ihr das noch absurder vorkommen.

»Ich bin ein bisschen im Stress, weil ich meinen Artikel, bei dem ich mich kurzfassen sollte, jetzt doch etwas länger gestalten soll. Natürlich bis in ein paar Stunden. Gleichzeitig will Felix, dass ich was vorlese, und Jakob steht noch im Stau. Was machst du heute noch?«

»Ich muss dringend etwas zu Abend essen«, antwortet Matilda.

Juli lacht leise. Sie verabschieden sich bald.

Matilda wollte Juli von Hans erzählen, aber sie hat das Gefühl, die Geschichte selbst noch nicht verstanden zu haben. Und Juli ist über die Sache mit dem Foto schnell hinweggegangen. Außerdem hat sie einen kleinen Sohn und einen Alltag in Hamburg, inklusive einem neuen Chef, der sich immer mehr als Arsch zu entpuppen scheint. Es ist nicht sehr wahrscheinlich, dass sie gerade über die gleichen Dinge nachdenkt wie Matilda.

Obwohl sie Hunger hat, will Matilda sich noch nicht auf den Rückweg machen. Die Sonne fängt gerade an, den Himmel in ein abstraktes Gemälde zu verwandeln. Sie will erst wieder ins Haus, wenn es dunkel ist, alles andere käme ihr wie Verschwendung vor. Die Silhouette der Stadt sieht im Gegenlicht aus wie ein Scherenschnitt.

DREIZEHN

In der Zwischenzeit ist die Sonne untergegangen.
Das ist ein irreführender Ausdruck, die Erde
wendet sich doch ab, nicht die Sonne geht.
Die Erde dreht sich ein Stück weiter und wendet
der Sonne den Rücken zu. Und jetzt sind der
Himmel und der See von diesem dunklen Grau-
blau, das fast schon schwarz ist.

Wie es wohl aussehen würde, wenn man auf
dem Wasser die Sterne und am Himmel die
Spiegelung der Hafenlaternen sehen würde?
Wie es wohl wäre, wenn alles anders wäre?

MATILDA KRAMT GERADE nach Ennis Haus-
schlüssel in ihrer Tasche, als die Tür am
Nachbarhaus aufgeht. Der ältere Herr, mit dem
sie sich schon einmal kurz unterhalten hat, ist
herausgetreten, während er mit jemandem hinter sich im Flur spricht. Sein beiges Hemd schla-
ckert um ihn herum.

»Guten Abend, junge Dame«, sagt er freundlich.

Matilda grüßt zurück. Als sie gerade dazu ansetzen will, von dem Boot zu erzählen, nur von
dem Boot, nicht von dem, was danach passiert
ist, stockt sie.

»Da bist du ja!«

In der Tür des Nachbarhauses steht ihre Mutter und lächelt unbeholfen.

Nachdem Matilda sich aus ihrer Umarmung
gelöst hat, verabschiedet sich der Nachbar. Ihre
Mutter bedankt sich, dass er sie vorübergehend
aufgenommen hat, und wendet sich dann Matilda zu.

»Wie geht es dir mein Schatz?«

Weil sie nicht weiß, was sie darauf sagen soll, sagt sie schlicht »Gut«.

Sie schließt die Haustür auf.

»Wo kommst du her?«, fragt ihre Mutter.

Als ob das nicht die Frage ist, die eigentlich Matilda zu stellen hätte.

»Ich war am See spazieren. Was machst du hier?«

»Es ist Wochenende. Ich dachte, ich komme meine liebeskummerkranke Tochter besuchen.«

Matilda sieht ihre Mutter vorwurfsvoll an.

»Mama! Es ist Donnerstagabend, das ist nur fast Wochenende. Und du bist seit zwanzig Jahren nicht in diesem Haus gewesen. Dann warst du hier zur Beerdigung und hast danach das Erbe ausgeschlagen und jetzt bist du doch wieder hier.«

Ihre Mutter schweigt. Vorsichtig stellt sie ihre kleine Tasche in der Küche ab, streift die bunten Flipflops von ihren Füßen, tastet kurz nach ihren Ohrringen und macht sich sofort ans Kaffeekochen. Ihre Mutter trinkt immer Kaffee. Zu den unmöglichsten Zeiten. An ihren Ohren hängen heute Pfauenfedern, das Muster ihrer Bluse passt nicht dazu.

»Juli hat mich eben angerufen.«

Ihre Mutter reagiert nicht.

»Sie hat gesagt, du wärst gestern so komisch gewesen.«

Ihre Mutter seufzt. »Komisch? Soso.«

»Wo ist Papa?«

»Zu Hause. Ich habe ihm gesagt, ich fahre zu Regina.«

»Du hast ihn angelogen? Ihr lügt euch nie an!«

Matilda kann ihr Entsetzen nicht rechtzeitig verbergen.

»Ich ... wollte allein zu dir fahren. Er wäre doch sonst bestimmt mitgekommen.«

»Und? Was wäre so schlimm daran gewesen?«

Matilda steht immer noch mitten im Raum und greift nicht nach der Tasse, die ihre Mutter ihr hinhält. Vorsichtig stellt die sie stattdessen auf den Tisch.

»Ich will das Foto holen«, sagt sie leise.

Matilda sieht sie verständnislos an. Ihre Mutter sieht weg.

Matilda will etwas fragen, fragen, was das alles werden soll, aber sie bringt keinen Ton heraus.

Ihre Mutter kramt mit blinder Selbstverständlichkeit nach Kaffeefiltern und gießt in die zweite Tasse auf dem Tisch ungefragt heißes Wasser auf einen Teebeutel für Matilda. Dann schnuppert sie an dem Kaffeepulver in der Dose.

»Das ist bestimmt schon ganz schön alt«, murmelt sie.

Matilda will ihre Mutter nicht bei der Entscheidung, ob sie Ennis abgestandenen Kaffee trinken soll oder nicht, beobachten und stapft schweigend ins Wohnzimmer. Sie nimmt das Bild behutsam aus dem Fotoalbum, wo sie es zwischen den Seiten zurückgelassen hatte, und legt es kurz darauf ihrer Mutter vor die dampfende Tasse.

»Er sieht gar nicht mehr aus wie auf dem Bild«, sagt sie und fixiert ihren Blick.

Ihre Mutter sieht sie entgeistert an.

»Du hast ihn getroffen?«

Matilda nickt.

»Wie hast du ihn gefunden?«

»Ich habe mit seinem Sohn telefoniert. Ihm gehört ein Boot am Anleger, ich … ach, das ist doch eigentlich auch egal, oder? Wie hast du ihn denn damals gefunden?«

Matilda setzt sich.

»Enni hat mir damals seine Adresse gegeben. Wieso weißt du, dass ich …?«

Sie verstummt.

Die Sache mit Mads, dem Liebeskummer und dem Trost hat ihre Mutter wohl schon wieder vergessen. Stumm sieht sie auf das Bild, das vor ihr auf dem Tisch liegt.

»Er hat dir erzählt, dass ich damals auch bei ihm war, oder?«

Matilda nickt:

»Er war nett. Er hat erzählt, dass er und Enni mal ein Liebespaar waren.«

Ihre Mutter steht auf und stellt sich vor das

Fenster, starrt eine Sekunde auf den Griff und öffnet es dann.

Danach setzt sie sich wieder und will nach Matildas Hand greifen, aber die zieht sie weg. Mit dem Zeigefinger fährt sie die Rillen auf dem Küchentisch nach.

»Warum? Was ist es, warum hast du nie mehr mit Enni gesprochen? Hat es was mit Hans zu tun? Hat sie gelogen? War Hans dein leiblicher Vater?«

Ihre Mutter muss zum ersten Mal in diesem Gespräch kurz auflachen.

»Schätzchen, rechne doch mal nach. Ich war zwei, als sie sich kennenlernten. Das kann nicht sein.«

Matilda grinst schief.

»Ja, weiß ich ja eigentlich. Aber es wäre wie im Film gewesen.«

Ihre Ungeduld und ihr Zorn sind für einen Moment verraucht.

»Das Leben ist nicht wie im Film.«

»Ja«, seufzt Matilda, »leider.«

»Oder zum Glück«, entgegnet ihre Mutter.

Eine Zeit lang ist es still in der Küche. Der Kühlschrank surrt. Oder ist es die Lampe?

Matilda ärgert sich über ihren Vaterschaftseinwurf von gerade. Sie wollte ihre Mutter nicht zum Lachen bringen. Sie ist müde, sie ist genervt und sie versteht nicht, warum ihre Mutter so reagiert. Und warum sie jetzt auch noch unangekündigt gekommen ist. Und warum sie ohne ihren Vater da ist. Sie muss ihm doch damals von der Geschichte erzählt haben. Matilda will allein sein. Aber heute wird ihre Mutter sicher nicht mehr fahren.

Sie holt noch einmal tief Luft.

»Ich versteh das nicht, Mama«, sagt sie. »Hast du etwa deswegen nicht mehr mit Enni gesprochen? Wegen einer alten Liebschaft? Dabei hat sie euch nicht mal verlassen, sie hat mit dir und Opa in diesem Haus gelebt, bis zum Schluss. Was kümmert es dich also?«

Ihre Mutter seufzt.

»Nein, das verstehst du nicht, genau wie dein

Vater«, sagt sie dann und schiebt das Foto ein Stück von der Tasse weg. »Du hast deinen Opa ja nicht mehr gekannt.«

»Ich war sieben, als er starb, ich habe ihn sehr wohl gekannt«, verteidigt sich Matilda. »Was redest du da?«

»Du warst ab und zu mit ihm beim Angeln, hast zu Weihnachten ein Geschenk von ihm bekommen und zum Geburtstag eine Karte, auf der er unter Ennis Text unterschrieben hat. Aber du hast ihn nicht gekannt.« Das letzte Wort betont sie sonderbar.

»So ist das eben, wenn man ein Kind ist.«

Matildas Stimme klingt lauter, als sie es beabsichtigt hat. »Wen ich wirklich nicht gekannt habe, das ist Enni. Wir sind irgendwann einfach nicht mehr zu ihr gefahren. Wir waren so oft hier und dann, als ich in der Grundschule war, nicht mehr. Du bist nicht mehr mit uns hergekommen! Du hast uns die Großmutter gestohlen, wegen eines dummen ... ja ... warum? Was hat Enni so Furchtbares getan?«

»Sie hat Opas Leben zerstört«, sagt ihre Mutter schroff.

Matilda schüttelt den Kopf: »Was? Ja, okay, scheinbar hat sie sich in den ersten Ehejahren mal in jemand anderen verliebt. Aber sie ist doch bei ihm geblieben. Bei euch. Sie hat doch alles richtig gemacht.«

»Gar nichts hat sie richtig gemacht.«

»Wieso?«, Matilda wird ungeduldig.

»Wir waren ihre zweite Wahl. Sie ist nur bei uns geblieben, weil sie zu feige war. In den 60ern hätte sie ja blöd dagestanden, als geschiedene Frau, als Mutter, die ihr Kind verlässt.«

Ihre Mutter spricht zu laut.

»Vielleicht hätte sie dich ja auch mitgenommen«, wirft Matilda ein und erntet von ihrer Mutter einen strafenden Blick.

»Und dann hat sie mit Opa und mir weitergelebt, aber sie hat ihn immer spüren lassen, dass er nur ihre zweite Wahl war. Er war unglücklich. Er war sein ganzes Leben lang unglücklich. Als er starb ... «

Sie stoppt.

Matilda schüttelt den Kopf.

»Woher willst du das wissen? Hat er es dir erzählt? Davon hast du doch früher auch nie gesprochen.«

»Ich habe es gespürt. Ich habe es mein ganzes Leben lang gespürt. Ich bin in einem Haus voller Trübsinnigkeit aufgewachsen. Voller Schweigen und Trauer. Und es hat mich erstickt. Auch später bin ich nie gern in dieses Haus zurückgekehrt. Nicht einmal mit euch. Aber verstanden habe ich es erst, als ich den Brief gefunden habe, in dem Sommer ...«

Schon wieder unterbricht sie sich selbst.

Matilda horcht auf.

»Dein Opa war immer mein ... mein Zuhause. Er war mein Vorbild, so lächerlich das klingt. Aber er war nie glücklich. Und das habe ich nicht ertragen können. Wie konnte sie uns das antun?«

»Welcher Brief?«

Ihre Mutter schüttelt den Kopf.

»Ist das jetzt wichtig?«

»Ja, das ist sogar verdammt wichtig! Was für ein Brief? Welcher Sommer?«

»Der letzte Sommer, in dem wir hier waren«, sagt ihre Mutter. Es klingt ausweichend. »Der Sommer nach Opas Tod.«

Matilda wartet darauf, dass sie weiterspricht. Sie wird jetzt nicht klein beigeben, sondern so lange hier sitzen und starren, bis ihre Mutter alles erzählt hat. Sie atmet ein und macht sich darauf gefasst, die zu sein, die das Schweigen länger durchhält, aber ihre Mutter spricht schon weiter.

»Ich habe mich so sehr mit Enni gestritten danach, dass ich nie mehr herkommen wollte. Deshalb waren wir nie wieder hier.«

»Ich will den Brief sehen«, Matildas Stimme ist leise und tonlos.

Ihre Mutter schüttelt den Kopf. Zögerlich schiebt sie die Teetasse auf dem Tisch näher an Matilda heran. Matilda beachtet es nicht.

»Du weißt bestimmt, wo er ist. Diese Familie wirft nichts weg.«

Der Anflug eines Lächelns huscht über das

Gesicht ihrer Mutter, aber sie hat sich schnell wieder unter Kontrolle.

»Und dann will ich, dass du wieder fährst.«

»Was?« Ihre Mutter zieht die Hände zurück und lässt sie in ihren Schoß sinken.

»Ich will, dass du wieder fährst.«

»Aber Schatz, wieso ... ich ...«

Matilda versucht, ihre Stimme fest und bestimmt klingen zu lassen und ist erstaunt, wie gut es ihr gelingt.

»Ich will keinen Besuch. Ich bin hierhergekommen, um allein zu sein. Um vor dem Mitleid meiner Freunde zu fliehen. Dann habe ich festgestellt, dass ich gar nicht weiß, wer Enni eigentlich war und wie sie so war und deshalb habe ich Herrn Wells besucht und jetzt ... «

Ihre Mutter betrachtet sie. Es ist ein Blick, der Matilda zum Schweigen bringt, obwohl sie nicht genau sagen kann warum. Dieses Mal dauert es lange, bis ihre Mutter das Schweigen bricht.

»In dem Sommer nach seinem Tod habe ich mit Enni angefangen, seine Sachen auszusortieren. Wir haben uns durch den Kleiderschrank und seinen Nachttisch gewühlt, durch seinen Schreibtisch und so. Es war schmerzhaft, aber es musste sein. Man konnte ja nicht alles einfach so liegen lassen. Da ist der Brief aufgetaucht. Er hat alles erklärt und alles bestätigt, was ich seit Jahren gefühlt habe. Ich habe ihn immer vor Enni versteckt.«

Sie sieht weg. Einen Moment wirkt es, als sei sie nicht sicher, ob sie das Folgende wirklich sagen soll. Dann tut sie es doch.

»Ich habe ihn mitgebracht. Ich gebe ihn dir. Und morgen früh fahre ich.«

Matilda schweigt. Ihre Mutter hat schnell aufgegeben. Ungewöhnlich schnell.

Sie schiebt den Stuhl zurück. Es macht ein schabendes Geräusch. Dann fingert sie am Reißverschluss ihrer kleinen Tasche herum und zieht wenig später ein zweimal gefaltetes Blatt aus ihrem Kalender. Es hat vorne zwischen den ersten beiden Seiten gesteckt. Das Papierweiß ist schon etwas nachgedunkelt und eine Ecke hat einen

Knick. An den Faltkanten ist es brüchig. Als ob es schon sehr häufig auf- und wieder zugefaltet worden ist.

Wortlos reicht sie ihn ihrer Tochter.

»Danke«, sagt Matilda.

»Ennis Kette steht dir übrigens gut«, sagt ihre Mutter, greift nach ihrer Tasche und geht langsam die Treppe hoch. Ihre Schritte machen kaum Geräusche auf den alten Dielen.

Matilda sitzt in der Küche, tastet mit der Hand nach dem blauen Stein um ihren Hals, den sie seit ihrer Ankunft jeden Tag trägt, und starrt auf das Blatt in ihren Händen. Dann legt sie es neben das Bild, kippt ihren kalten und viel zu lange durchgezogenen Tee in den Ausguss und spült die Tassen.

Sie schließt das Fenster. Sie hat das Gefühl, dass nicht nur Nachtluft, sondern auch Dunkelheit hereinkommt.

VIERZEHN

Der Himmel ist grau heute, die Wolken hängen tief und dicht. Am Horizont sieht man einen schmalen Streifen dunkles Land, der die Farbe von angelaufenem Kupfer hat. Dahinter endet die Welt. Ich weiß, dass sie das nicht tut, ich habe in der Schule gelernt, dass sie weitergeht und nach den Bergen wieder Berge kommen und irgendwann fremde Länder und dann ein fremdes Meer. Aber ich bin nie dorthin gefahren, um nachzusehen. Vielleicht endet die Welt dort tatsächlich.

Der See ist von einem dumpfen Dunkelgrau und atmet tief wie ein großes, schlafendes Tier.

Es wundert mich, wie friedlich alles ist. Man sollte sich mehr über Dinge wundern, über die sich üblicherweise niemand mehr wundert.

IHRE MUTTER BRICHT früh auf. Sie nimmt Matilda in den Arm. Die Pfauenaugen kitzeln ihre Wange.

»Komm bei uns vorbei, wenn du wieder heimfährst«, sagt sie. Es ist eine Bitte, aber nur, weil Matilda zu alt ist, um noch Befehle von ihrer Mutter entgegenzunehmen.

Matilda nickt stumm. Sie ist müde, sie ist spät ins Bett gegangen und heute Morgen vom Klappern ihrer Mutter in der Küche wach geworden. Sie hat eine Tasse Tee mitgetrunken und geschwiegen.

»Papa freut sich, wenn du kommst«, sagt ihre Mutter.

»Grüß ihn«, lächelt Matilda, »und erzähl ihm, dass du nicht bei Regina warst.«

»Ja«, sagt ihre Mutter knapp. Sie streckt die Hand aus, wie um ihrer Tochter über die Wange zu streichen, und lässt sie dann wieder sinken. Matilda umschließt kurz, fast reflexartig, die Hand ihrer Mutter und drückt sie. Plötzlich fällt ihr etwas ein.

»Erinnerst du dich an den Stromausfall?«, murmelt sie.

»Der große Wintersturm?«, fragt ihre Mutter zurück.

Matilda nickt.

»Ja«, sagt ihre Mutter schlicht.

»Enni hat Kerzen angezündet und Papa hat … vorgelesen?« Den letzten Teil des Satzes lässt Matilda wie eine Frage klingen.

»Opa war auch noch da, oder?«, setzt sie nach.

Ihre Mutter lächelt.

»Ja. Und Juli und du, ihr habt in einem Bett geschlafen. Ich glaube, du hast dich ein bisschen gefürchtet. Und Juli auch, aber das hat sie wie immer nicht zugegeben. Danach mussten die Dachdecker kommen, weil so viel kaputt gegangen war. Wie kommst du jetzt darauf?«

Matilda zuckt mit den Schultern. Ihre Mutter streicht ihr nun doch über die Wange und Matilda lässt es geschehen.

Dann sieht sie ihrer Mutter nach, wie sie aus der Haustür tritt. Sie blickt sich noch einmal um, winkt und verschwindet Richtung Bahnhof. Oder vielleicht hat sie auch nur das Auto irgendwo dort abgestellt. Matilda hat nicht gefragt.

Sie geht wieder in die Küche zurück, bindet ihren Pferdeschwanz neu und zupft das Pony zurecht. Ihre nackten Füße frieren. Der Himmel ist verhangen. Der Brief liegt auf dem Tisch neben dem Foto, daneben steht eine Pappschachtel, die Matilda bei ihrer Ankunft neben den Fotoalben gesehen hat. Ihre Mutter muss sie heute Morgen durchgesehen haben und absichtlich oder unabsichtlich bei den Sachen auf dem Tisch stehen gelassen haben. Matilda schiebt mit den Fingerspitzen die losen Fotos darin umher. Es sind hauptsächlich alte Schwarz-Weiß-Fotografien von Enni und Opa, ein paar Bilder aus den 90ern, als sie und Juli noch sehr klein gewesen sind, und Hochzeitsfotos von einem Paar, das sie nicht kennt. Am Rand der Schachtel steckt ein alter

Zeitungsschnipsel. Es ist die Todesanzeige ihres Opas. »Nach kurzer, schwerer Krankheit verstarb ... « Neben einem Bild in schlechter Druckqualität, auf dem er nicht lächelt, stehen seine Lebensdaten, sein voller Name und ein Spruch in Computerschreibschrift: »Fürchte dich nicht vor mir, sagt die Trauer, ich bin doch nur die Liebe.«

Der Satz stößt gegen etwas in ihrem Inneren, das dann noch eine ganze Weile nachschwingt. Sie wartet, bis das Gefühl verklingt.

Dann geht sie nach oben, um sich Socken anzuziehen, nimmt eine der Strickjacken aus ihrer Reisetasche und setzt sich mit dem Brief in Ennis Hinterhof auf einen der schmutzigen Stühle. Kurz streicht sie noch über die vertrockneten Pflanzen, aber die braunen Blätter zerfallen unter ihren Fingern in kleine Krümel. Von den Mauerseglern ist nichts zu sehen oder zu hören und Matilda überlegt, ob ihnen der Himmel auch zu verhangen ist oder ob sie schon weggezogen sind.

Ihre Mutter hat nichts mehr zu dem Brief gesagt und Matilda hat heute Morgen kurz Angst gehabt, dass sie ihn wieder mitnehmen würde. Aber hier sitzt sie nun, hält das blasse Papier in der Hand und weiß nicht, was sie damit anfangen soll. Wieder und wieder hat sie ihn gestern gelesen und versucht zu verstehen, warum ihre Mutter nie wieder mit Enni gesprochen hat, anstatt den Brief seinem rechtmäßigen Empfänger zu geben.

Denn der Brief ist nicht für Enni.

Er ist auch nicht an ihre Mutter oder an sie oder Juli adressiert.

Er ist für Hans Wells.

Es ist ein ordentlicher Brief, er sieht aus wie eine Reinschrift nach mehreren Versuchen, kein Fehler und keine Unsauberkeit stören. Ein Datum fehlt. Die Schrift ist akkurat und die gleiche wie in den Fotoalben.

Sehr geehrter Herr Wells,

wenn ich richtig informiert bin, sind Sie ein alter Freund von Helene. Ich weiß nicht, wo ich beginnen soll, aber ich will Ihnen schon lange einmal schreiben. Um Sie persönlich zu treffen, fehlt mir der Mut, dabei wohnen Sie vielleicht noch immer in der gleichen Stadt wie wir. Aber ich glaube, ich weiß auch nicht, was ich sagen würde. Ich bin kein Mann der großen Worte, ich kann mich nicht schön oder gewählt ausdrücken.

Ein einziges Mal habe ich etwas Schönes zu Helene gesagt. »Würdest du dich nur einmal so sehen, wie ich dich sehe«, habe ich zu ihr gesagt, »du würdest dich auch in dich verlieben.«

Sie haben sie wohl auch so gesehen.

Sie hat mir von Ihnen erzählt, recht bald, nachdem Sie sich kennengelernt haben.

Es hat mich traurig gemacht. Als wir geheiratet haben, habe ich gedacht, sie wird mich immer lieben. Ich habe mich geirrt. Sie hat sich in Sie verliebt und auch wenn sie nach zwei Wintern irgendwann aufgehört hat, von Ihnen zu sprechen und sich wohl auch nicht mehr mit Ihnen getroffen hat, hat sie nie wieder angefangen, mich zu lieben. Ich weiß nicht, was der Grund war, warum sie nicht mehr zu Ihnen gegangen ist. Ich habe sie nicht darum gebeten. Aber plötzlich ging sie nicht mehr fort.

Eigentlich ist unser Leben danach nicht sehr anders gewesen als davor. Sie hat alles genauso gemacht wie zuvor, wir haben ein gutes Leben gehabt. Wir haben unsere Tochter großgezogen. Nur das mit den Seefarben. Davon hat sie immer geredet. Welche Farbe der See heute hat. Es schmerzt mich jeden Tag, dass ich sie nicht glücklich machen konnte.

Aber wie es gerade aussieht, werde ich vor ihr sterben.

Ich habe sie geliebt, aber das war nicht das, was sie eigentlich wollte. Ich weiß nicht, warum sie trotzdem bei mir geblieben ist. Ich war mein ganzes Leben lang die zweite Wahl.

Deshalb bitte ich Sie, reden Sie mit ihr. Sie will bestimmt erzählen, welche Farbe der See heute hat.

Hochachtungsvoll

Werner Graf

Matilda sieht auf. Sie will schreien, aber es kommt kein Laut. Sie traut sich nicht einmal, tief Luft zu holen. Sie zwingt sich, ihre Lungen mit Luft zu füllen, aber sie bleibt stumm. Sie will ihre Mutter anschreien, weil sie den Brief behalten hat, anstatt ihn Herrn Wells zu geben, weil sie nie wieder mit Enni geredet hat, obwohl die doch gar nichts falsch gemacht hat. Sie will Mads anschreien, warum er sie verlassen hat. Sie will die Welt anschreien, aber stattdessen laufen ihr Tränen über die Wangen. Warum nur wird sie immer nur traurig, traurig statt wütend?

Was ist das für eine verkorkste Geschichte, auf die sie da gestoßen ist? So viel Liebe an der falschen Stelle. Aber im Gegensatz zu einem Film oder einem Buch, in dem man über all die Liebe an der falschen Stelle seufzen kann und dann wieder in die echte Welt zurückkehrt, sitzt sie nun hier in Ennis Hinterhof unter dem verhangenen Himmel und hat diesen Brief in der Hand. Seit gestern Nacht quält sie die Frage, ob sie ihn Herrn Wells zeigen soll. Ihre Mutter hat das offensichtlich nicht getan.

Er hat ein Recht darauf, der Brief ist an ihn adressiert und auch wenn es mindestens zwanzig Jahre her ist, dass ihr Großvater ihn verfasst hat ... er ist der rechtmäßige Empfänger.

Aber Matilda wird schlecht bei dem Gedanken daran, wie es sich wohl für Herrn Wells anfühlen muss, diese Zeilen jetzt zu lesen, jetzt da Enni neben ihrem Ehemann auf dem Friedhof liegt und nie wieder von irgendeiner Farbe sprechen wird.

FÜNFZEHN

*Unter den unheilvollen Wolken ist das Wasser
petrol und schiefergrau und der plötzlich auffri-
schende Wind treibt die Menschen zur Eile an.
Jede neue Böe lässt sie ihren Schritt noch etwas
mehr beschleunigen oder fester in die Pedale
treten. Überall ist dieses Vor-Gewitter-Licht, du
weißt schon, wenn die Sonne so hell auf die
Landschaft scheint, hinter der der Himmel schon
ganz dunkel ist. Und dann kommt der Regen.
In einem plötzlichen Schwall, vor dem sich niemand mehr retten kann. Ich mag das Geräusch
des Regens auf den umliegenden Dächern und
wie rau die Oberfläche des Sees im Regen aussieht. Wie graublaues, grobes Schmirgelpapier.
Oder als sei sie nur eine Decke und darunter
lägen die größten Schätze verborgen.*

DER VERHANGENE HIMMEL hat beschlossen, seine Schleusen zu öffnen, und seit dem Mittagessen schüttet es.

Seit ihre Mutter wieder gefahren ist, kommt ihr das Haus noch leerer und stiller vor als zuvor. Sie vermisst die ruhige Anwesenheit von Mads, das Gefühl, wenn er einfach nur im gleichen Raum ist wie sie, ohne dass sie miteinander sprechen. Sie macht sich einen Tee und sieht damit jetzt vom Sofa aus auf den Regen vor dem Fenster. Ennis alter Fernseher läuft, aber sie hat den Ton abgeschaltet, weil sie nichts davon interessiert. Das Bild läuft weiter. So bewegt sich wenigstens irgendetwas im Haus.

Der Brief liegt auf dem Küchentisch, zu vorwurfsvoll hat er sie angesehen und sie weiß nicht, was sie damit anstellen soll. Jetzt hat sie die Geschichte verstanden, jetzt kann sie heimfahren. Jetzt hat sie keinen Grund mehr, hier zu sein. Es ist nicht ihr Leben, es ist das von Menschen, die größtenteils schon tot sind. Die die Antworten auf Matildas übrige Fragen nicht mehr geben können. Es ist zu spät. Und es wird Zeit für ihr richtiges Leben, obwohl sich das gerade so falsch anfühlt. Was fängt sie jetzt an, mit all den Teilen ihrer selbst, die nicht nur ihr allein, sondern auch Mads gehörten? Unnützes Wissen über Hunderte verschiedene Kaffeebohnen, Online-Games und Handball. Freunde, die er ihr vorgestellt hat. Theorien über Speiseeis im Winter. Urlaubsziele, die ihre gemeinsamen Erinnerungen als Gütesiegel tragen.

Matilda weiß nicht, ob das schön oder grausam ist, dass man sich nie ganz von Menschen lossagen kann. Zumindest zur Vergangenheit gehören sie unwiderruflich. So wie Hans Teil von Enni war und Enni Teil von Hans, so wie auch ihr Opa Teil von Ennis Leben war und sie von seinem.

Zum Regen ist Wind dazugekommen, der die Tropfen gegen die Fenster drückt und sie in kleinen Bächen an der Scheibe entlangwandern lässt. Manchmal finden sie den Weg zu größeren Rinnsalen. Matilda streckt die Hand aus, um mit dem Finger den Spuren der Tropfen nachzufahren, und erschrickt, wie kalt das Glas unter ihrer Haut ist. Unschlüssig zieht sie die Hand zurück. Sie sehnt sich nach der Berührung eines anderen Körpers, nach der Wärme und dem Duft der Haut, sie will das leichte Gewicht einer Hand auf dem Rücken spüren. Aber sie kann nicht sagen, ob es die von Mads sein muss, um das Sehnen zu stillen. Im Fernsehen läuft eine Dokumentation über irgendetwas mit Rittern. Es werden historische Szenen nachgestellt und Matilda schaltet um. Eine Kochsendung. Ist das jetzt besser? Bei Aufnahmen von Giraffen bleibt sie hängen. Giraffen sind gut. Nur wenn sie trinken, sehen sie lächerlich aus. Fast wie die Schwäne, die sie beim Tauchen beobachtet hat.

Wenn Herr Wells selbst entscheiden könnte, ob er von dem Brief erfahren wollen würde, was würde er wohl sagen? Aber sie kann ihn nicht fragen. Sobald sie ihn fragt, wird er davon wissen, und in diesem Moment hätte sie für ihn entschieden. Und vielleicht wird sie dann feststellen, dass es besser gewesen wäre, es ihm nicht zu sagen, aber dann wird sie es nicht mehr rückgängig machen können.

Ist es besser, etwas zu bereuen, das man getan hat, oder etwas zu bereuen, das man nicht getan hat?

Matilda bekommt schon wieder Hunger. Das Mittagessen hat wohl nicht ausgereicht. Sie schleicht in die Küche, als ob der Brief sie hören könnte, und nimmt sich eine Packung Knäckebrot aus dem Schrank. Während sie die dünnen Scheiben belegt, wandern ihre Gedanken durch den Regen. Sie will noch zu Ennis Grab gehen. Aber vielleicht nicht bei dem Wetter. Bei dem Wetter wird sie doch eher den Giraffen noch ein wenig zusehen. Als Kind hätte sie so viel dafür gegeben, an Regentagen einfach faul vor dem Fernseher liegen zu können, aber unbegrenzt haben ihre Eltern es nie erlaubt. Irgendwann wurden sie und Juli immer rausgescheucht, um mit ihren sonnengelben Gummistiefeln durch die Pfützen zu spazieren. Jeden Herbst, wenn ihre Füße wieder gewachsen waren, bekam Juli neue Stiefel und Matilda das nächstgrößere Paar aus der Sammlung von Julis alten Stiefeln. Es störte Matilda nie. Im Gegenteil – noch heute nennt sie die typischen quietschgelben Gummistiefel heimlich Juli-Stiefel. Kurz blitzt die Idee in ihr auf, gelbe Gummistiefel kaufen zu gehen, aber ihre Bequemlichkeit zieht sie zurück zu den flackernden Landschaften auf Ennis altem Fernseher. Die Serengeti hat einen leichten Grünstich, aber es fällt nicht so sehr auf wie eben bei der Kochsendung. Vielleicht kann sie sogar den Ton anmachen. Vielleicht kann sie ja noch etwas lernen. Was für Geräusche Giraffen wohl machen?

Matilda lässt sich auf das Sofa fallen und will nach der Fernbedienung greifen, doch sie fasst daneben und stößt sie stattdessen laut klappernd zu Boden. Die Abdeckung des Batteriefaches knirscht, kippt zur Seite und die Batterie kullert unter das Sofa. Fluchend geht Matilda auf die Knie und fischt danach.

Mit einem Mal fällt es ihr wieder ein. Die Ahnung vom allerersten Abend, als sie unschlüssig in der Tür zum Wohnzimmer gestanden hat. Der Moment, als die Kühle zwischen ihrer Mutter und Enni für einen Moment weg gewesen war. Es war hier im Wohnzimmer gewesen und sie spielte mit Juli auf dem Boden, mit den Murmeln, die Opa ihnen mitgebracht hatte. Ein Geschenk, einfach so, weil sie so niedergeschlagen waren wegen der Katze.

Die Katze.

Enni hatte eine Katze, ein elegantes Tier, das sich nur selten streicheln ließ und mit wachen Augen stets alles um sich herum musterte. An diesem Morgen lag die Katze überfahren auf der Gasse. Sie atmete noch, als Juli und Matilda sie fanden, aber nur in flachen Stößen, zwischen denen immer größere Abstände lagen. Irgendjemand von den Erwachsenen wickelte sie in eine Decke und fuhr sie zum Einschläfern zum Tierarzt. Sogar Enni weinte.

Und da, da nahm ihre Mutter Enni einfach in den Arm, während Matilda und Juli auf dem Teppich am Boden saßen und in ihrem Spiel innehielten. Einen Moment brauchte es, dann sprangen sie auf, liefen zu den beiden hinüber und ließen sich auch in den Arm nehmen. Und Mama weinte auch.

Enni kaufte keine neue Katze.

SECHZEHN

Ich staune immer wieder, wie wandelbar der See ist. War er gestern noch grau und rau vom Regen, ist er heute Morgen schon wieder dunkelblau. Ein freundliches Dunkelblau. Aber man sieht ihm an, dass er seine Farbe heute noch ändern wird, wenn die Sonne weiterwandert und der Wind vielleicht noch mal ein wenig auffrischt.

NUR NOCH EIN paar Pfützen zeugen von den Regengüssen des gestrigen Mittags, die Sonne scheint wieder auf Matildas Scheitel und ihre Laune hat sich etwas gebessert. Heute Morgen hatte sie tatsächlich Lust, bald zurückzufahren und mit Timo in der alten WG zu sitzen oder mit Charlotta Kuchen essen zu gehen. Und vorher vielleicht bei ihren Eltern vorbeizufahren. Noch mal Juli anzurufen. Die letzte Flasche Wein noch leer zu trinken und keine neue mehr zu kaufen. Noch mal schwimmen zu gehen, wenn es warm ist. Sehen, was aus Ennis Bücherregal sie gerne noch lesen will. Oder herausfinden, ob es einen zweiten Teil der Giraffendoku gibt. Die Mittagssonne lächelt.

Der Friedhof der kleinen Stadt am See ist groß, lange Alleen säumen die schmalen Fußwege. Die ersten Blätter tragen gelblich-beige Schimmer. Es ist ein schöner Friedhof mit einem großen runden Bau im Eingangsbereich, in dem die Toten aufgebahrt werden.

Matilda sucht das Grab. Sie weiß nicht, wo sie anfangen soll, sie will ihre Mutter nicht fragen, wo es liegt. Sie hat keine Lust, mit ihr zu sprechen. Eigentlich ist sie schon mal da gewesen, damals bei Opas Beerdigung, Enni ist im gleichen Grab bestattet worden. Aber Opas Beerdigung ist zwanzig Jahre her, sie kann sich nicht erinnern.

An einigen Gräbern stehen Bänke. Matilda gefällt das. So kann man sich auf ein Pläuschchen mit den Verstorbenen niederlassen. Was sie wohl antworten würden, wenn sie noch könnten? Mit was wird man sein Leben kommentieren, wenn man es wirklich ganz überblicken kann?

Reihe um Reihe schreitet sie das Gräberfeld ab. Leben um Leben, begraben in der feuchten Erde, Bewusstsein neben Bewusstsein. Jede einzelne Lebensgeschichte voller Fragen, Scheitern, Liebe, Schmerz, Ratlosigkeit, Freude, Erfolg.

Matilda streicht mit den Fingern über die Kanten der Grabsteine. Eigentlich ist es erstaunlich, wie weit die Menschheit schon gekommen ist, wenn man bedenkt, dass jeder individuell für sich bei null anfängt. Die erste große Liebe, der erste Liebeskummer, das erste Mal allein sein, groß sein, rausfinden, wer man ist und wer man sein will, neue Menschen kennenlernen, Einsamkeit aushalten, dem Tod begegnen – jeder muss jedes Mal wieder allein und von vorne durch, keine Erfahrung Tausender Generationen vor uns helfen uns dabei.

Immer wieder, immer wieder Leben. Immer wieder neu. Dann Sarg, Urne, kitschige Sprüche und Engel. Und irgendwann gibt es dann niemanden mehr, der einen noch kannte.

Wieder taucht Mads in ihrem Kopf auf, wieder und wieder. Sie glaubt selbst nicht, dass sein Gesicht irgendwann nicht mehr das Erste sein wird, an das sie denkt.

Aber sie wischt es fort. Inzwischen ist sie etwas besser darin, den Raum zu verlassen, wenn die Diaschau anfängt, und sucht weiter die Reihen der Grabsteine nach Ennis Namen ab.

Ihr Handy klingelt. Das Geräusch passt nicht zum Ort und wenn noch jemand da wäre, würde sie mit Sicherheit einen vorwurfsvollen Blick ernten.

Es ist eine kanadische Nummer. Sie weiß es, weil sie die Ländervorwahl nachgesehen hat, wieder und wieder, wie viele andere Dinge, die mit diesem Land zu tun haben. Die Zeitverschiebung, die Währung. Den Namen des Premierministers. Als ob sie über all die lächerlichen Wikipedia-Fakten eine Verbindung herstellen könnte, die es nicht mehr gibt und irgendwie doch. Hastig nimmt sie ab.

»Hallo?«

»Matilda?«

Seine Stimme rauscht ein wenig, er spricht leise.

»Mads.«

Kurz ist es still. Dann ringt Matilda sich zu einem vollständigen Satz durch.

»Was ist das für eine Nummer?«

»Arbeitstelefon mit Auslandsflatrate«, murmelt er.

Er räuspert sich und seine Stimme wird fester.

»Ich ... ähm ... ich hatte dir doch versprochen, dass ich Bescheid sage, wenn ich angekommen bin.«

Sie schweigt.

Sie ist dran, etwas zu sagen, aber sie weiß nicht was. Er ist jetzt also weg. Oder da.

Je nachdem, von wo aus man es betrachtet.

»Matilda?«

Sie saugt hörbar Luft ein.

»Glaubst du immer noch, dass es die richtige Entscheidung ist?«

Sie will die Frage eigentlich gar nicht stellen. Sie will sie nicht stellen, weil sie die Antwort nicht hören will. Es gibt keine gute Antwort darauf. Wenn er Ja sagt, wird es wieder wehtun. Wenn er Nein sagt und alles bereut, ist all der Schmerz umsonst gewesen und die Situation noch schwieriger. Aber jetzt ist es schon ausgesprochen.

Mads schweigt.

»Das ist kompliziert«, sagt er dann.

Matilda atmet leise aus.

In ihrem Kopf liegen Gedanken, Sätze, schwer wie Steine am Grund des Sees, Fragen, Dinge, die sie Mads noch sagen will, aber nichts davon kann sie formulieren. Es sind widersprüchliche Gefühle und nichts passt.

Gerade als sie ansetzen will, ihm wenigstens zu sagen, dass es noch so viel zu sagen gibt, sie aber nicht weiß wie, fragt Mads:

»Wie läuft es auf der Arbeit?«

Die Arbeit. Natürlich. Er weiß ja nicht, dass sie gerade am See ist.

So endet es also. Menschen, die immer alles über einen wussten, wissen plötzlich gar nichts mehr.

»Gut«, lügt sie. Sie sieht sein Gesicht vor sich, seine hochgezogenen Augenbrauen, er hat immer erkannt, wenn sie log.

»Schön.«

Er lügt auch.

Oder vielleicht lügt er nicht, aber er hat genauso viele unausgesprochene Gedanken im Kopf, das weiß sie. Und das Schlimme ist, sie können es sich nicht sagen. Nicht mehr.

»Matildalein, ich muss los«, sagt er leise.

Sie schluckt. Sie ahnt, dass er nicht wirklich los muss, sondern das Telefonat beenden will. Sie schließt die Augen. Die Augen kann man schließen, die Ohren nicht.

»Ja«, sagt sie tonlos.

»Aber ich wollte noch sagen ...«

Die Pause ist zu lang, als dass da noch etwas Gutes kommen könnte.

»Ich wollte noch sagen, dass ich glaube, es ist besser, wenn wir uns nicht noch mal sprechen.«

»Ja«, sagt sie erneut.

Als sie auflegt, ist er so unendlich weit weg

und ihr so unendlich nah, dass der Widerspruch körperlich wehtut.

Irgendwann wird sein Gesicht verblassen. Sie weiß nicht, ob sie den Moment herbeisehnt oder fürchtet.

SIEBZEHN

Der See hat nie wieder genauso ausgesehen wie an diesem Tag. Genau dieser Grauton, flüssiger Rauch. Auch heute nicht. Jetzt ist er petrolfarben. Ein satter Farbton, auf der ganzen weiten Fläche.

SIE FINDET ENNIS Grab noch, bleibt aber nicht lange. Kurz fährt sie mit den Fingern über die Namen und Zahlen.

»Werner Graf 1928–1998« und »Helene Graf 1934–2019« steht auf einem dunklen, provisorisch wirkenden Holzkreuz. Ennis Geburtsname steht nicht dabei. Matilda weiß, dass es nach Beerdigungen immer etwas dauert, bis der Grabstein gesetzt wird, aber sie weiß nicht wie lange.

Sie ist unruhig, rastlos. Wütend. Wütend auf sich selbst. Darüber, dass sie so schnell rangegangen ist, als ob sie auf seinen Anruf gewartet hätte.

Hat sie ja auch.

Wütend, weil sie ab der ersten Sekunde gehofft hat, das Gespräch wäre bald zu Ende. Weil sie eigentlich gar nicht mehr mit ihm sprechen will.

Wütend, weil es nicht seine, sondern ihre Entscheidung sein sollte, dass sie nicht mehr miteinander sprechen. Weil es so wehtut, weil es so traurig ist, weil ... Ach, sie weiß es selbst nicht.

Inzwischen ist sie wieder in Ennis Haus angekommen.

Sie will schreien, aber sie kann nicht. Also greift sie hastig nach dem Schlüssel, schlüpft in ihre Schuhe und läuft wieder aus dem Haus, bis zu dem kleinen Steinstrand, an dem sie bei dem Telefonat mit Juli zuletzt gestanden hat.

Sie ist außer Atem, als sie ankommt, sie ist zu schnell gelaufen. Sie tastet noch einmal nach dem Schlüssel in ihrer Tasche und greift dann nach einem besonders großen Kiesel, der schwer in ihrer Hand liegt. Mit aller Kraft schleudert sie ihn ins Wasser.

Sie wartet nicht auf das Geräusch, sie greift nach dem nächsten Stein und wirft ihn. Irgendwo fliegt ein Blässhuhn auf. Matilda wird hastig. Ein Kiesel nach dem anderen verschwindet in dem ruhigen Wasser. Sie legt all ihre Kraft in jeden Wurf, sucht nach den besonders schweren Steinen, die kleinen sind nicht richtig, die kleinen fühlen sich nicht nach Wut an. Zwischendurch will sie einen Stein aufheben, der sich dann als zu tief im Boden steckend erweist. Sie ärgert sich darüber und tritt dagegen. Ihre Zehen und ihr rechter Arm schmerzen, aber sie hört nicht auf. Sie schleudert die schweren Kiesel ins Wasser, hört nicht auf das Brennen in ihrer Schulter, sie wirft und wirft und weint. Die Tränen rinnen ihr übers Gesicht, der See und die Steine verschwimmen, aber es ist ihr egal.

Matilda weint nicht, um die Trauer loszuwerden, sie weint viel eher um den Verlust der Trauer. Weil die schwindende Traurigkeit heißt, dass es beginnt, egal zu werden, nur noch Vergangenheit, nicht mehr Gegenwart und Zukunft. Weil es heißt, dass sie keine Ausrede mehr hat, weil sie die Trauer mehr gemocht hat als die Wut und weil sie nicht weiß, was danach kommt. Und auch wenn sie ahnt, dass es besser werden wird, hat sie Angst, dass das nächste Gefühl noch schlimmer wird.

Irgendwann kann sie nicht mehr. Erschöpft lässt sie sich auf den Steinstrand sinken und starrt noch eine Weile auf die kreisförmigen

Wellen, die ihre letzten Würfe hinterlassen haben, bis die Wasseroberfläche sich wieder glättet. Plötzlich ist es unendlich still.

Ihr fällt wieder ein, dass Hans Wells sie am Hafen gefragt hat, was Liebe ist.

Sie weiß, dass Juli einmal zu ihr gesagt hat: »Dann liebt jemand einen wirklich, wenn man sagt, du musst mich nicht vom Bahnhof abholen, und die Person kommt trotzdem.«

Seitdem ist Matilda immer sehr darauf bedacht, Juli auch wenn sie sie nicht darum bittet, vom Bahnhof abzuholen. Und immer wenn sie in Hamburg aus dem Zug steigt, steht Juli schon am Bahnsteig.

Bei dem Gedanken muss sie lächeln. Der Tränenfilm klebt auf ihren Wangen und sie schüttet sich mit der hohlen Hand etwas Seewasser ins Gesicht, um ihn abzuwaschen. Ihr Atem verlangsamt sich. Sie wird Hans den Brief bringen.

Noch heute. Inzwischen bewegt sie sich sicherer durch die Stadt und muss nicht mehr umständlich nach seinem Haus suchen.

Nachdem sie sich in der Gegensprechanlage erneut mit den Worten »Hier ist Helenes Enkeltochter« angekündigt hat und der Türsummer geht, sitzt Matilda nun schon wieder auf Hans Wells' Sofa. Sie weiß nicht, wie sie das Gespräch beginnen soll, und nachdem sie sich eine Weile angeschwiegen haben und Herr Wells ihr nicht, wie beim letzten Mal, von dem Tee auf dem Tisch anbietet, fingert sie den Brief aus ihrer Tasche und reicht ihn ihm wortlos.

Herr Wells sieht sie verwundert an und nimmt mit einer langsamen und behutsamen Bewegung das Stück Papier in seine altersfleckigen Hände. Seine Augen folgen seiner eigenen Bewegung und verharren am Schluss wieder auf ihr.

»Lesen Sie«, sagt Matilda.

Herr Wells macht keine Anstalten, den Zettel aufzufalten.

»Ich habe ihn vor Kurzem ...«, sie zögert, »bekommen. Meine Mutter hatte ihn. Ich denke, Sie sollten ihn bekommen. Anders als sie ...«

Herr Wells sieht sie noch immer an.

»Er ist an Sie. Er ist von meinem Opa.«

Er räuspert sich, öffnet den Zettel und beginnt zu lesen. Matilda hält die Luft an.

Sie ist sich nicht sicher, ob sie bleiben soll, ob sie den Raum wechseln und ihn mit dem Brief allein lassen soll. Ob es überhaupt angebracht ist, dass er sich jetzt genötigt fühlt, den Brief in ihrer Anwesenheit zu lesen. Aber sie ist wie gelähmt und bleibt stocksteif auf dem Rand des Sofas sitzen, bereit aufzuspringen, und fixiert sein Gesicht.

Hans Wells lässt den Brief langsam sinken und sieht zu ihr auf.

»Was ändert es?«, fragt er.

Matilda sieht ihn entgeistert an.

»Ich habe Ihnen doch erzählt, dass ich versucht habe, mit Helene Kontakt aufzunehmen. Sie wollte nicht.«

»Aber wenn Sie ihr den Brief hätten zeigen können? Vielleicht …«

»Was nützt es, in der Vergangenheit zu graben?« Er legt den Brief auf den Wohnzimmertisch.

Er sieht nicht aus, als ob er das Thema weiter vertiefen will, aber Matilda kann nicht anders: »Wie meint er das mit den Seefarben?«

Herr Wells sieht sie nicht an, als er antwortet.

»Als ich Helene zum ersten Mal ansprach, an dem Tag im Herbst am Hafen, als sie gelächelt hat, da haben wir nur kurz übers Wetter geredet.«

»Übers Wetter?«

»Ja, na ja, ich weiß. Aber was sagt man sonst, wenn man … wenn man … Jedenfalls windete es und irgendetwas wehte durch die Luft, ein Hut, ein Schirm, die Blätter, ich weiß es nicht mehr. Und ich sagte so etwas wie ›ganz schön stürmisch heute‹ und sie lächelte und sagte ›ja, aber dann hat der See die Farbe von flüssigem Rauch.‹ Dann ist sie weitergegangen, aber nach ein paar Schritten hat sie sich umgedreht und mich noch einmal angelächelt. Wochenlang habe ich mich danach am Hafen herumgedrückt, in der Hoffnung, ihr noch einmal zu begegnen. Ich hatte Glück. Eines Tages war sie einfach da und ich fragte sie, welche Farbe der See heute hätte.«

Herr Wells blickt auf den Stoff seines Sofas. Seine Stimme ist leiser geworden.

»›Sagen Sie's mir‹, hat sie gesagt und ich bin den ganzen Tag am See spazieren gewesen, bis ich die richtigen Worte für diesen Farbton gefunden hatte. So hat es angefangen. Irgendwann wurde es wie ein Spiel. Ich schrieb Zettel, auf denen ich die Seefarbe des heutigen Tages beschrieb, und steckte sie ihr zu, wenn wir uns trafen. Sie tat das Gleiche. Wir verglichen, ob wir sie mit ähnlichen Worten und Bildern beschrieben hatten.«

Matilda schweigt.

Jetzt wirkt Herr Wells doch, als ob er noch weitersprechen will. Aber eine ganze Weile ist es so still in dem kleinen Wohnzimmer, dass Matilda das Gefühl hat, die Stille greifen zu können. Als ob man sie aus der Luft fischen und in ordentliche Blöcke zerteilen könnte. Würfel, die man übereinanderstapelt, darauf bedacht, dass sie einen nicht unter sich begraben.

»Noch Jahre später, noch heute, würde ich ihr gerne erzählen, welche Farbe der See hat.«

»Haben Sie sie noch lange geliebt?«

Matilda weiß, dass die Frage indiskret ist, aber es ist ihr egal.

Herr Wells nickt kaum merklich, stößt aber ein knappes »Nein« hervor.

Matilda holt Luft.

»Erinnern Sie sich, dass Sie mich auf der Bank am Hafen gefragt haben, was Liebe ist?«

Herr Wells schweigt. Sie deutet es als zustimmendes Schweigen.

»Glauben Sie, irgendjemand kennt überhaupt die Antwort darauf?«

Matilda dreht ihren Kopf zur Seite, um in seinem Gesicht eine Antwort zu lesen.

Es sieht aus, als würden seine Augen einen Horizont fixieren, den es nicht gibt.

»Wie können wir Beziehungen führen, ohne zu wissen, was Liebe ist?«, setzt sie nach.

Matilda denkt daran, dass sie bis jetzt zu zwei Männern in ihrem Leben »Ich liebe dich.« gesagt hat. Nur weil sie es später zu einem Zweiten gesagt hat, ist es das erste Mal nicht weniger wahr gewesen, auch wenn sich das eigentlich widerspricht. Ist Liebe nicht bedingungslos, ewig? Wie kann man dann aufrichtig jemandem sagen, dass man ihn liebt, wenn man es Jahre später jemand anderem sagt? Müsste man stattdessen immer sagen »Ich liebe dich jetzt«?

Wie kann man so etwas überhaupt sagen, wenn man doch gar nicht weiß, was Liebe ist? Wenn man es offensichtlich nicht einmal in Hans Wells' Alter weiß?

In ihrem Kopf macht es wieder *Ritsch-Klick*.

Aber es taucht nicht Mads auf dem Bild auf, sondern Juli. Sie hat die nackten Zehen auf der Balkonbrüstung abgelegt und sich ganz nach hinten in den Holzstuhl fallen lassen. Sie gestikuliert und erklärt Matilda, dass Lieben wie Singen sei. Selbst wenn man keine Noten lesen kann, kann man ein Lied singen, wenn man es oft gehört hat. Man kann es verändern und es kann trotzdem schön klingen. Und so kann man auch lieben lernen, ohne es wirklich zu verstehen, dadurch dass andere Menschen einen lieben. Aber Matilda hört auch ihre eigene Antwort, kichernd, leicht angetrunken: »Schwesterherz, das ist der größte Mist, den ich je gehört habe. Ich singe ganz furchtbar!« Und dann gibt sie eine Kostprobe und Juli stimmt mit ein.

Matilda sieht sie vor sich, wie sie auf dem Balkon sitzen, die zweite Flasche Wein schon leer, Felix und Jakob schon im Bett. Die zwei Schwestern, in verschwörerischer Eintracht, Herrscherinnen über das nächtliche Hamburg zu ihren Füßen, die sich gerade die Welt erklären und in die Nacht hineinsingen.

Und jetzt sind ein paar Jahre vergangen und

sie sitzt im Wohnzimmer eines fremden Mannes und hat die Welt doch noch nicht erklärt.

»Wünschen Sie sich, es wäre anders gekommen?«

Matilda überlegt, wann er ihr wohl ihre Indiskretion vorwerfen wird.

Stattdessen schweigt er lange. Er spielt mit den Fingern am Etikett des Teebeutels herum. Als es zerreißt, lässt er die Hand sinken.

»Es war ja nicht meine Entscheidung. Es war ihre. Ich kann mich nur fragen, was wäre, wenn Helene ein anderes Leben gelebt hätte, nicht ich. ›Ich frage dich das nur ein einziges Mal‹, habe ich eines Tages zu ihr gesagt. Wir lagen gerade … wir waren gerade … jedenfalls habe ich sie angesehen und gesagt: ›Komm zu mir. Ganz. Ich möchte dich nicht mehr teilen.‹ Unsere Liebe war nie von großer Heimlichkeit überschattet. Zuerst wusste ich es nicht, aber sie hat ihrem Mann von mir erzählt. Er scheint nicht der aufbrausende Typ gewesen zu sein. Aber sie kam auch nie ganz zu mir, immer habe ich sie mit ihm und ihrer Tochter geteilt. Nie blieb sie über Nacht, immer schlich sie sich aus meinem Bett, hinterließ Zettel mit Seefarben und Buchempfehlungen und kam ein paar Tage später wieder, um mit mir am Wasser spazieren zu gehen. Sie tauchte gerne die Zehenspitzen hinein, wenn wir auf dem Steg saßen. ›Vielleicht werde ich eines Tages auch seefarben‹, sagte sie dann. Sie sprach nie von ihm oder ihrer Tochter, aber sie ging jeden Tag zu ihnen zurück. Ich habe mich nie beschwert, es war ihre Entscheidung. Nur dieses eine Mal habe ich sie gebeten, ihn zu verlassen.«

Matilda hält die Pause, die er macht, nicht aus. Sie spricht leise, aber sie muss es fragen.

»Was hat sie darauf gesagt?«

»Du wirst mich immer teilen müssen, ich habe ein Kind.«

Hans Wells sucht jetzt zum ersten Mal ihren Blick.

»Und dann hat sie geweint. Sie hat gesagt, dass es ihr leidtue. Wenn ich sie nicht teilen könne, dann könne ich sie gar nicht haben. Sie hat nach einem Foto von mir gefragt und ehe ich verstand, was all das bedeutete, hat sie sich verabschiedet. Sie ist nie wiedergekommen.«

Hans Wells schweigt, versucht noch einmal anzusetzen, schweigt wieder und schafft es schließlich doch.

»Zuerst dachte ich, es ist nur eine Phase. Aber sie ist tatsächlich nie wieder gekommen. Als ich es verstanden habe, war es Herbst geworden und ich stand am See und habe dem Geräusch der Herbstblätter, die der Wind über den Asphalt trieb, gelauscht.«

Matilda muss sich konzentrieren, damit ihre Stimme nicht brüchig wird, und versucht schnell, eine ganz andere Frage zu stellen.

»Und ihr Sohn?«

»Mein Sohn? Woher wissen Sie ...?«

»Ich habe mit ihm telefoniert. Er hat ein Boot am Anleger. So habe ich Sie gefunden.«

»Ach so.«

Herr Wells klingt, als sei diese Art, mit unbekannten Leuten Kontakt aufzunehmen, nicht weiter verwunderlich.

»Was ist mit ihm?«

»Haben Sie seine Mutter geliebt?«

Herr Wells atmet hörbar aus.

»Na ja, nein, doch, vielleicht kurz. Wir waren nicht lange verheiratet. Aber das war alles viel später.«

Manchmal klingt seine Stimme wie Wind, der durch hohes Gras streicht.

Matilda steht auf. Sie weiß nicht, wie sie die Verabschiedung sonst einleiten soll. Sie fühlt sich unwohl und weiß nicht warum.

»Ich ...«, sie deutet auf den Brief auf dem Wohnzimmertisch, »ich lasse ihn natürlich hier. Er ... er gehört ja Ihnen. Wenn ... wenn Sie wollen.«

Herr Wells sagt nichts.

»Danke«, sagt sie und versucht, so viel Ernsthaftigkeit und Aufrichtigkeit, wie ihr nur möglich ist, in dieses eine Wort zu legen. Ihr ist wichtig, dass diese Bedeutung bei ihm ankommt.

Herr Wells erhebt sich mühsam und reicht ihr die Hand. Er packt fest zu, als sei dies seine Art, ihre Aufrichtigkeit zu erwidern, und dann verlässt sie die Wohnung und die Stille und tritt wieder auf die Gasse.

Eine Möwe fliegt Richtung Berge.

Matilda geht Richtung See. Sie will nachsehen, welche Farbe er heute hat.

EPILOG

Deine Enkelin ist wirklich zauberhaft. Ich habe sie noch einmal besucht, nach der ganzen Geschichte. Sie hat mir erzählt, dass sie und ihre Schwester das Haus behalten und in den Ferien herkommen wollen. Sie wollen rausfinden, wer du warst, hat sie gesagt, und verstehen, warum du dich so entschieden hast, aber ich glaube nicht, dass sie das können. Sie hat auch gesagt, dass ihr Neffe hier vielleicht schwimmen lernen kann, so wie sie damals.

Sie werden dich vergessen. Sie werden ab und zu im Haus sein und mit dem Finger über deine Bücher streichen. Aber unsere Geschichte ist wie ein altes Foto, das im Sonnenlicht verblasst. Und wenn ich einmal nicht mehr bin und dir jeden Tag aufschreibe, welche Farbe der See heute hat, wird sich niemand mehr an uns erinnern.

Weißt du, dass sie traurig aussieht, deine Enkelin? Nicht immer, aber manchmal blickt sie irgendwohin, als ob sie jemanden suchen würde. Aber ich glaube, sie sucht jemand anderen als dich.

Ich habe mich erschreckt, als ich gesehen habe, dass sie die Kette trägt, die ich dir geschenkt habe. Ich habe mich immer gefragt, ob du sie behalten hast. Der Stein glänzt noch immer wie der See an einem Sommermorgen.
Sie hat danach getastet, deine Enkelin, während sie mit mir sprach, und in dem Moment sah sie kurz aus wie du.

Ich glaube nicht, dass ich sie noch mal treffen werde. Man darf die Vergangenheit nicht zur Gegenwart machen.

Der See ist heute flaschengrün. Weinflaschen-grün.

Weißt du, was ich ihr gesagt habe, zum Abschied, bevor ich meinen Hut genommen habe und durch die engen Gassen wieder nach Hause spaziert bin?

»Worum geht es schlussendlich bei der Liebe? Um den anderen? Oder um einen selbst?«

DANKE

Bis ein Buch in den Händen seiner Leser:innen landet, hat es meist einen langen Weg hinter sich und daran wirkt nicht nur die Person mit, die es schreibt. Als ich 2019 die allererste Fassung des Manuskripts begann, wusste ich nicht, ob es jemals jemand außer mir lesen würde.

Ich danke von Herzen dem Team des Stadler-Verlages, das mich so freundlich aufgenommen hat und allen, die an der Herstellung und Verbreitung dieses Buches beteiligt waren und sind – nicht zuletzt den vielen wunderbaren Buchhändler:innen auf der Welt, die ihre Liebe zum Lesen mit anderen teilen.

Danke an Celina, die allererste Person, die mich nicht kannte und trotzdem an das Manuskript geglaubt hat – und es in mühevoller Kleinstarbeit mit mir verbessert hat.

Danke an Caro, die mir eine ihrer Kindheitserinnerung für den Text lieh und wahrscheinlich meine treueste Leserin ist und bleiben wird. Danke an Benedict Wells, der, vermutlich ohne es zu wissen, den Anfang dieser Geschichte gerettet hat.

Und – das Wichtigste zum Schluss – Danke an meine Familie, all meine wunderbaren Freunde und an meinen Mann dafür, dass ihr alle immer an mich glaubt, wenn ich es nicht kann, bei jedem Schritt mitfiebert und für all eure bedingungslose Liebe. Was wären all die Farben, die der See hat, wenn ich sie euch nicht zeigen könnte.

WELCHE FARBE
HAT DER SEE HEUTE?

Besuchen Sie »Die Farben des Sees«

auf Instagram

Im Sog
des Testaments

Martina Arenz-Lüth
**Geheimnisvoller
Bodensee**

ISBN 978-3-7977-0764-2
16,00 EURO (D)

Anna schlägt ihre Augen auf. Eine sonderbare Ohnmacht
hatte sie erneut übermannt. Die Geräusche der Kloster-
kirche Salem dringen wieder auf sie ein. Das Läuten der
Glocken, das Gurren der Tauben. Ihr kommt es vor, als habe
sie sich in einer anderen Zeit befunden. Anna ist verwirrt.
Genau genommen ist sie das seit dem Moment, als ihr von
ihrem geliebten Onkel Hubert, auf dessen Sterbebett,
ein Versprechen abgenommen wurde. Mit seinen letzten
Worten führte er sie auf die mystische Spur eines uralten
Geheimnisses. Ein Geheimnis, das mehrdeutige Rätsel
aufgibt und niemals in falsche Hände gelangen darf. Anna
versucht, zusammen mit ihren Verbündeten, die Rätsel
zu entschlüsseln.

Von Freiheit, Freundschaft & Abschiednehmen

Daniela Lockowandt
Drei Kilometer Sommer

ISBN 978-3-7977-0779-6
20,00 EURO (D)

Drei Kilometer Sommer steht symbolisch für die einge-
brannte Erinnerung an eine unbeschwerte Studentenzeit
am Bodensee und deren Ende. Ein letztes Stemmen
gegen die Vernunft und die Angst, von ihr verschlungen zu
werden, sobald die Uni einen in die richtige Welt entlässt.

Eine moderne, von der Autorin zauberhaft illustrierte
Erzählung zur Frage, was bleibt, wenn man Orte
und Menschen verlässt, die ein Zuhause geworden sind.
Ein großartiges Buch im Pocketformat!